라라제빵소

라라제빵소

초판 1쇄 발행 | 2024년 4월 3일
초판 3쇄 발행 | 2024년 8월 28일

지은이 | 윤자영
펴낸이 | 박영욱
펴낸곳 | 북오션

주   소 | 서울시 마포구 월드컵로 14길 62 북오션빌딩
이메일 | bookocean@naver.com
네이버포스트 | post.naver.com/bookocean
페이스북 | facebook.com/bookocean.book
인스타그램 | instagram.com/bookocean777
유튜브 | 쏠쏠TV · 쏠쏠라이프TV
전   화 | 편집문의: 02-325-9172   영업문의: 02-322-6709
팩   스 | 02-3143-3964

출판신고번호 | 제 2007-000197호

ISBN 978-89-6799-810-3 (03810)

식빵

슈크림빵

소보로빵

단팥빵

차 례

등장인물

안창석(47세), 남,
대한민국 제빵 명장

대한민국 제빵 명장으로, 제빵 신이라 불렸지만 제과점에 들어온 제자들에게 배신당한다. 그동안 제빵 신의 이름으로 벌인 탈세와 편법이 모두 드러나 보건복지부에서는 제빵 명장의 칭호를 박탈한다. 그 뒤에는 모든 것을 조종한 제빵 명장 스승이 있었다. 술김에 휘두른 주먹이 유리창을 깨고 들어가 오른손 신경이 절단된다. 이제 빵을 만들 수 없어 모든 것을 잃은 안창석은 자신의 첫 스승 박신달을 찾아간다. 스승이 있는 시골 읍내의 라라제빵소. 스승이던 박신달은 치매로 모든 기억을 잃고 임종 직전에 있다. 죽음의 순간 정신이 든 스승은 창석을 보고 말한다.

"사람을 살리는 빵을 만들어라."

은둔하기에도, 사람을 피하기에도 적절해 보이는 라라제빵소. 안창석은 스승의 장례를 치른 뒤 거기서 은둔 도피 생활을 시작한다.

안창석의 첫 스승의 손녀. 화학공학과를 졸업해 서울 제약회사에 다닌다.
해외여행 중이던 손라라는 할아버지의 임종을 지키지 못했다는 죄책감에 사로잡힌다.
할아버지가 자신의 이름으로 만든 라라제빵소를 운영하려고 하지만, 남자친구는 결별을 선언하며 어려운 시기를 보낸다. 안창석의 빵을 먹고, 그에게 빵을 배워 제빵소를 운영하려 한다.

손라라(27세), 여

스승님의 간병인으로 안창석이 라라제빵소에 머물 때, 식사와 빨래를 해준다.
표정에서 바로 기분이 드러나는 성격으로, 문제 해결에 감초 역할을 한다.
라라제빵소에서 둘둘둘 커피를 만들며, 제빵소 직원으로 생활한다.

김포댁(59세), 여

박신달(82세), 남
안창석의 스승이자 손라라의 할아버지.

사람을 살리는 빵

　나는 강화도행 버스에 몸을 실었다. 신촌을 떠나 2시간이 지나자 버스는 좁은 물길의 강화대교를 건넜다. 긴장감에 오른손이 저렸다. 손목에 붉은 새살이 올라와 산맥처럼 솟아 있었다. 나는 사람들에게 오해를 살까? 긴팔 셔츠를 내려 손목의 상처를 가렸다. 흡사 자살을 위해 손목을 그은 모양이지만 이건 분명히 사고였다. 뭐 죽고 싶은 마음이 없는 것은 아니지만….

　나의 이름은 안창석, 국가 공인 제빵 명장, 한때는 제빵 신이라 불리기도 했다. 하지만 지금은 그 명예가 사라지고 폐인 생활 중이다. 버스가 해병이 없는 초소를 지나자 곧 강화읍 터미널에 도착했다. 나는 작은 가방을 메고 버스에서 내렸다.

햇빛이 강렬하게 내리쬐는 한여름이다. 나는 숨을 깊게 들이마셨다. 바다가 가까워 그런지 갯벌 냄새가 미세하게 콧속을 파고들었다.

"스승님께서는 잘 계실까?"

인근 풍물시장으로 들어갔다. 강화도에서 가장 발달한 강화읍 시장이라지만 내가 20년 전 강화도를 떠날 때와 다를 게 없었다. 백열등을 켜놓고 순무 김치를 파는 할매가 좁은 공간에서 쭈그리고 앉아 칼국수를 먹고 있었다. 내가 멍하니 보고 있자 할매는 젓가락을 놓고 물었다.

"뭐 줄까?"

내 나이 47세를 넘겼지만, 여기서는 애나 마찬가지였다. 점포의 주인들이 모두 나이 든 할아버지와 할머니였다. 시골의 평균연령이 이렇게나 올라갔다니⋯. 과거와 다를 바 없다.

나는 순무 김치통 옆의 인삼 막걸리를 세 병 들었다. 스승님은 인삼과 대추를 갈아 넣은 인삼 막걸리를 순무 김치와 드시는 것을 좋아하셨다.

"순무 김치도 작은 걸로 한 통 주세요."

한 손에는 순무 김치가 든 플라스틱 통을, 한 손에는 막걸리가 든 비닐봉지를 들었다. 시장을 나와 도로로 나오자 프랜차이즈 식당과 카페가 곳곳에 보였다. 오래된 건물에 프랜차이즈 식당이 있으니 뭔가 부조화스러웠다. 제빵소는 읍내에서 15분 거리의 시골이다. 드문드문 집들이 나타나더니 저 멀리 논밭 사이로 제빵소가 보였다. 떠날 때는 스승님의 이름을 딴 '신달제빵소'였는데, 간판이 '라라제빵소'로 바뀌었다. 주인이 바뀐 것일까?

"계십니까?"

가게 옆에는 참나무 장작이 쌓여 있었다. 스승님은 화덕을 사용해 빵을 구웠다. 가게는 조용했다. 나는 가게로 들어갔다. 옛날 그대로 화덕이 있고, 빵을 진열하는 나무 선반이 있었다. 손으로 쓸어보니 먼지가 쌓여 있었다. 가게에서는 빵을 만들지는 않는 것 같았다. 화덕을 보고 있을 때 뒤에서 기척이 들렸다. 웬 나이 든 여성이 제빵소로 들어왔다. 할매들과 마찬가지로 뽀글뽀글 파마를 했지만, 그래도 시골에선 비교적 젊어 보이는 외모였다.

"뉘시오?"

"여기 주인이십니까?"

"이제 빵은 안 파는데."

"제 이름은 안창석입니다. 제가 여기서 20년 전에 빵을 만들었거든요."

그때 안채에서 신음 비슷한 소리가 들렸다.

"…아저씨, 살려줘."

여성과 눈이 마주쳤다.

"난 간병인이에요. 빵집 영감님을 돌보고 있어요."

"박신달 스승님이요?"

"영감님 이름이 박신달이었나? 그건 모르겠고, 간병을 맡긴 손녀의 이름은 손라라인데."

"손라라…."

과거 스승님에게 딸이 있었던 것 같다. 가끔 휴가를 주었는데 그때 딸의 가족이 방문했었다.

"스승님 좀 봬도 될까요?"

"미안하지만 댁이 누군지도 모르는데 함부로 들일 수는 없지."

안쪽에서 다시 힘을 짜낸 목소리가 들렸다.

"아저씨, 약술 좀 줘."

스승님은 인삼 막걸리를 약술이라고 했다. 안채에 있는 사람은 스승님이 맞았다. 나는 이 여성의 호칭을 어떻게 해야 할까 잠시 망설였다.

"아주머니, 제 얼굴 좀 보세요."

간병인이라 소개한 여성이 가까이에서 내 얼굴을 보았다. 텔레비전에도 나왔으니 알아볼 수도 있을 것이다. 나의 빵집에는 인플루언서들도 많이 찾아왔고, 서울에서는 길을 지날 때 알아보는 사람도 많았다.

"얼굴을 왜 보라는 거요?"

"저예요. 제빵 명장 안창석, 제빵 신이라고 불렸었죠."

"우리나라에 그런 게 있어?"

"있어요! 그리고…."

나는 스승님이 목소리가 들린 안쪽을 보았다.

"스승님이 걱정되니 어서 들어가보세요."

"매일 저래요."

간병인이 변명하듯 말하고 안으로 들어갔다. 나는 간병인 뒤를 따라 안채로 갔다. 거기는 옛날부터 가정집이었다. 부엌을 지나 안방으로 가니 얼굴이 쪼글쪼글해진 스승님이 누워 있다. 방에서 오줌 지린내가 확 풍겨왔다. 나는 막걸리와 순무 김치통을 한쪽에 놓고 스승님 머리맡에 앉았다.

"스승님! 괜찮으세요? 저 왔어요. 안창석이예요."

"…아저씨, 약술 줘."

스승님은 내가 사온 술을 보고 있었다. 나는 허리에 손을 올리고 있는 간병인을 올려다보았다.

"치매 때문에 그래요. 그리고 그냥 힘이 없어 누워 있는 거예요. 노환이지, 노환."

스승님 나이 82세, 이제 삶의 끝이 보일 나이가 도래하긴 했다. 나는 스승님의 머리맡에 앉아 가느다란 손을 잡았다.

"스승님…."

스승님은 제자들에게 단호했다. 맛있는 빵을 만들기 위해 도끼질을 해서 장작을 패고, 산에서 물을 길어와야 했으며, 매일 천연 발효종을 돌봐야 했다. 빵을 배우다 도망가는 사람이 한둘이 아니었다. 스승님은 아쉬워하지 않았다. 저런 것들이 빵을 만들면 욕이

나 먹는다고 소리쳤다. 나는 고등학교를 졸업하고 빵집에 들어왔다. 이를 악물고 7년을 버텼다. 그래서 빵의 기본기를 익힐 수 있었다.

"아저씨, 나 아파. 약술 좀 줘."

그런 호통치는 모습의 스승님이 이런 모습을 하고 있다니….

"스승님, 힘을 내서 일어나세요. 일어나시면 약술 드릴게요."

"환자에게 무슨 술을 줘요? 그리고 막 들어와서는 그렇게 계속 있을 거예요?"

"나 제자라니까요!"

나는 고개를 팩 돌려 쏘아붙였다. 간병인 뒤로 벽에 붙어있는 사진들이 눈에 들어왔다. 가족사진 끝에 스승님과 찍은 사진이 붙어있었다. 떠나기 직전에 스승님과 빵집 앞에서 찍은 사진이었다.

"아주머니, 저 끝의 사진 보세요. 저예요, 저."

간병인은 사진과 나의 얼굴을 번갈아 가며 보았다. 한눈에 알아보기 힘들 것이다. 지금은 살도 많이 찌고, 늙어서 내가 스스로를 봐도 사진과는 모습이 많이 바뀌어 있었다.

"그래서, 어쩌시겠다는 거요? 여기서 살기라도 한다는 거예요?"

여기서 산다? 그것도 괜찮을 것 같았다. 여기서는 타락한 제빵신을 알아보는 사람도 없으니 유유자적 인삼 막걸리나 먹으며 마음 편히 사는 것도 괜찮을 것 같았다.

"그거 좋네. 여기서 사는 거요."

간병인의 표정이 이상하게 일그러졌다.

"젊은 아저씨, 농담 진담 구분도 못 해?"

이제 여기에 눌러앉기 위해서는 공격을 시작해야 한다.

"아주머니, 이렇게 중증인 환자를 두고 어디 갔다 온 거예요?"

"나도 일은 봐야 할 것 아니야? 집이 여기 읍내야. 잠깐 갔다 왔어."

스승님이 힘없이 내 손을 잡으며 말했다.

"아저씨랑 살 거야…."

"자꾸 이러면 진짜 경찰 부를 거요."

강력한 공격이다. 요즘 경찰서를 들락날락해서 경찰이라면 보고 싶지 않다. 이 간병인은 왜 이렇게 나를 거부하는가? 이유는 단 하나다. 간병인이라고 스승님을 돌보며 돈을 받지만, 아무도 보는 눈이 없으니 편하게 했을 것이다. 집이 읍내라니 편히 왔다 갔다 했겠지. 내가 집에 있으면 눈치가 보이는 것이다. 그래서 철통방어를 펼치는 것이다.

"전문 간병인도 아닌 것 같은데, 아주머니는 아주머니 하던 대로 그냥 하세요. 저는 아무 말도 하지 않을 겁니다."

"난 영감님 손녀가 직접 부탁해 돌보는 사람이야. 자격증 같은 거 필요 없어."

어설픈 변명을 한 간병인의 눈알이 빠르게 움직였다. 생각이 변하고 있다. 이럴 때, 굳히기 한 방이 필요하다.

"스승님이 오늘내일하시는 것 같은데, 아주머니 안 계실 때 사고 나면 과실치사죄를 물을 수도 있어요. 제가 있다면 증인이 될 수도 있지만."

간병인도 더는 어쩌지 못할 것이다.

"이리 나와. 기저귀 갈게."

간병인이 기저귀를 가져오고 바지를 내리자 스승님이 작게 말했다.

"…싫어."

"싫긴 뭐가 싫어요. 이렇게 냄새나는데!"

뭔가 내가 수치스러워지는 느낌이었다.

"아주머니, 좀 살살하세요. 지금 애처럼 변하신 것 같은데 살살 달래서요."

간병인이 뒤돌아 소리쳤다.

"참견하려면 나가!"

일단 후퇴다. 난 스승님의 무너지는 모습을 볼 수 없어 막걸리와 순무 김치통을 들고 제빵소로 나왔다. 테이블로 가서 의자를 하나 빼고 앉았다. 아침부터 아무것도 못 먹었더니 배가 고팠다. 나는 순무 김치통을 열었다. 순무 김치 특유의 냄새가 확 올라오며 침이 고였다. 손으로 하나 집어 입에 넣었다. 순무 김치의 알싸한 향이 입안에 맴돌았다.

"막걸리나 마시자."

일어서서 빵을 만드는 주방으로 들어갔다. 집기류를 놓는 찬장을 열었다. 계량컵이 보여 가져왔다. 막걸리를 따라 마시기에 적당해 보이지는 않았지만, 막걸리를 병으로 나발을 불 수는 없었다.

이 인삼 막걸리는 인삼과 대추가 갈려 들어있다. 나는 손으로 흔들어 따서 계량컵에 따랐다. 빵을 만드는 본능이 나오는지 정확히 250밀리리터에 맞췄다. 빵 만드는 방법이 머릿속에 떠올라 고개를 흔들고는 계량컵을 들어 한 번에 마셔 버렸다.

술에 절어 살다 보니 막걸리는 큰 자극이 되지 못했다. 다시 손가락으로 순무김치를 집어 우걱우걱 씹었다. 생각보다 맛있었다. 다시 막걸리를 따랐다. 이번에는 우유를 넣는 빵이 생각나 200밀리리터에 맞췄다.

"왜 대충 부었는데 정확히 맞냐고."

나는 다시 계량컵을 들어 막걸리를 마셔 버렸다. 그렇게 순무김치와 막걸리를 번갈아 먹고 마시니 금세 한 병이 동이 나서 두 병째 따서 잔에 따랐다. 나는 거침없이 막걸리를 배 속에 밀어넣었다. 얼굴이 화끈 달아올랐다.

"이제야 피에 알코올이 도네."

그때 간병인 아주머니가 나왔다. 스승님을 씻겼는지 옷이 군데군데 젖어 있었다. 간병인이 막걸리를 빤히 보았다.

"한잔 드시려면 잔이나 가져오세요."

간병인은 싫지는 않은지 다시 안채로 들어가 젓가락과 양은 잔을 가지고 나왔다. 나는 간병인이 내려놓은 양은 잔 두 개에 막걸리를 가득 따랐다. 간병인은 고된 일을 마치고 나와 그런지 막걸리를 말없이 쭈욱 들이켰다.

"그러고 보니 성함도 안 물어봤네요."

"우리 같은 사람이 이름이 뭐가 있을까? 민자요, 김민자."

가만히 곱씹어 보면 웃긴 이름 같지만, 옛날 여성의 이름에 '자'가 많이 붙어 있긴 하다. 일본식으로 지어 그럴 것이다.

"저는 이미 안창석이라고 소개했고, 아주머니는 제가 뭐라고 불러야 할까요?"

"사람들은 김포댁이라고 부르긴 하지만…."

간병인 김포댁은 한 잔이 아쉬운 듯 막걸리를 보기에 나는 병을 들어 다시 따랐다.

"김포댁 아주머니는 연세가 어떻게 되세요?"

김포댁은 막걸리를 쪽 소리가 나게 빨아 먹었다.

"오십아홉."

"저랑 띠동갑이십니다."

"왜 이렇게 겉늙었어?"

하긴 수염도 막 기르고 고생 좀 했으니 틀린 말은 아닐 것이다. 그래도 대놓고 외모 비하를 하다니…. 하지만 여기는 적진이다. 이 사람과 편이 되어야 한다.

"여러 가지로 고생 좀 했죠."

"그나저나 정말 여기서 살 거요?"

"저 밥 좀 해주시면 안 됩니까? 빨래도 해주시면 좋고요."

김포댁의 얼굴에 있는 주름이 순식간에 깊어졌다.

"돈은 지불할게요."

김포댁 얼굴의 주름이 한순간 다시 펴졌다.

"돈 때문에 그러는 게 아니라, 당신이 영감님 제자라니까 같이 있으면 좋긴 할 것 같은데…. 영감님 손녀에게 허락을 받지도 않고 괜찮을까?"

"그런 거는 나중에 생각해도 됩니다. 그나저나 손녀는 어디 있어요?"

"서울에서 회사 다니지."

"언제 제빵소에 오나요?"

"한 달에 한 번 정도."

할아버지를 돌보지 못하니 돌보는 사람을 썼나보다. 자식도 아니고, 요즘 시대라면 책임을 다한다고 볼 수도 있을 것이다.

"왜 요양병원 같은 곳으로 모시지 않았지요?"

"나 자격증은 없지만, 이런 시골까지 전문 간병인이 오겠어?"

김포댁은 아까 내가 말했던 말을 가슴에 품고 있었다. 이때는 조금 풀어줘야 한다. 나는 김포댁의 잔에 막걸리를 따랐다.

"제 말 담아두지 마세요. 손녀가 어련히 좋은 분께 맡겼겠지요."

김포댁은 얼굴빛이 밝아져 막걸리를 마셨다.

"병원에서는 치매 외에 특별히 아픈 곳이 없으니 퇴원했고, 요양병원에 가면 영감님의 기억이 귀신같이 돌아와 난리를 쳐. 빵쟁이는 제빵소에서 죽어야 한다고."

"후후후, 스승님 성격에 맞는 선택이네요."

김포댁은 막걸리 병을 들어 자신의 잔과 내 잔에 따랐다.

"그나저나 파출부도 하루 부르면 비싸. 알지? 여기는 시골이라 더하고."

밥값을 이야기하는 것이다. 간악한 술수에 말려 모든 것을 잃었지만, 다행히 아직 통장에 잔고는 넉넉했다.

"얼마나 원하시는데요?"

김포댁은 잠시 고민하는가 싶더니 부끄러운 듯 내 눈길을 피하며 "150만 원"이라고 말했다. 난 또 한 500만 원 부르는 줄 알았네.

"좋습니다. 음식 재료비는요?"

"그때그때 말할게."

"매번 그러면 귀찮으니 200만 원으로 할까요? 초과되면 또 말씀하시고요."

김포댁은 마음에 드는지 얼굴에 미소가 지어졌다. 그녀는 잔을 들어 내밀었다. 나도 잔을 들어 맞장구치고 잔을 들었다. 스승님 모습이 안타까웠지만 고향집에 온 듯 마음은 편했다.

김포댁이 잔을 들고 있는 내 손목을 보았다. 정확히는 상처를 보는 것이겠지. 여기서 다시 자살이라도 하면 곤란하다는 표정으로 변했다.

"이거 사고예요, 사고. 나 그런 사람 아니니 걱정 말아요."

"뭐, 사연이 없는 상처 없겠지만…."

돈으로 딴생각을 막자. 나는 스마트폰으로 은행 앱을 열었다.

"계좌번호 불러주세요. 돈은 선불로 드릴게요."

김포댁의 눈이 반짝하고 빛났다. 김포댁은 표정이 참 풍부했다.

"그런데 댁을 뭐라고 불러야 하지?"

"파티셰라고 불러주세요."

난 과거의 영광을 다시 느끼고 싶었다.

"빠띠새?"

"네."

"그게 뭐야?"

"빵 만드는 사람을 그렇게 불러요."

나는 제빵 신 안창석이다. 제빵 신이란 별칭은 한 텔레비전 프로그램에서 붙인 것이지만 마음에 쏙 들었다. 내 실력이 그 명칭에 부합하지 못하는 것도 아니고 말이다. 난 국가공인 제빵 명장이다. 기능장 위에 명장. 우리나라에 제빵 명장이 10명이니 열 손가락 안에 드는 것은 분명하다.

아침에 하는 프로그램에 참여했을 때의 일이다. 남녀 사회자가 주거니 받거니 나를 소개했다.

"신영 씨, 빵 좋아하시나요?"

"고소한 빵 냄새는 참을 수 없죠."

"오늘은 신영 씨가 좋아할 만한 분이 나옵니다."

"오, 기대되네요. 그게 누구죠?"

"대한민국에서 가장 맛있는 빵을 만드는 사람입니다."

"혹시 제빵 신?"

"네, 바로 모시겠습니다. 대한민국 제빵 명장이자 제빵 신이라고 불리는 남자, 안창석 명장입니다."

나는 방청객으로 오신 어머님들의 박수를 맞으며 무대로 나가 자리에 앉았다.

"자, 그럼, 명장님께서 자기소개 좀 해주세요."

나는 빨간불이 켜진 카메라를 보면서 인사했다. 처음에는 카메라를 찾지도 못해 어설펐지만, 곧 익숙해졌다. 방송에서는 잘난 척을 하면 안 된다. 철저히 나를 낮춰야 한다.

"안녕하세요. 빵쟁이 안창석입니다."

하하하, 방청객에서 웃음이 나왔다.

"지금 안창석 명장께서 스스로를 낮춰 말씀하셨지만 대단하신 분입니다. 그런데 말이죠. 요즘 안창석 님께서는 제빵 신, 명장 등 많은 호칭으로 불리시는데 뭐라고 호칭하는 것이 좋습니까?"

"직원들은 저를 파티셰라고 부르죠."

"오, 멋있네요. 안창석 파티셰님은 대한민국 제빵 명장을 받으신 분인데요. 그게 뭐죠?"

"다른 명장분들도 계시니 여기서는 겸손하게 말할 수 없겠네요. 대한민국 명장은 노동부에서 각 기술 분야 최고의 기능인을 뽑아 대한민국 명장으로 선정합니다."

"그러니까 파티셰님은 제빵 분야에서 명장을 받으신 거죠?"

"그렇죠."

"제빵 명장은 몇 명이나 받으셨죠?"

"현재까지 저 포함 10명입니다."

방청객들이 오! 하고 감탄의 목소리를 냈다. 내가 제빵 명장을 받으려고 얼마나 돈을 들이고, 힘들었는데, 당연하지.

"그럼, 전국에서 열 손가락 안에 드는 거네요?"

여기서는 겸손을 다시 찾아야겠지?

"전국에는 숨은 고수가 많을 겁니다. 드러내지 않고 빵을 만드시는 분들이요."

"겸손하기는요. 신영 씨, 제가 안창석 파티셰님의 자격증을 가지고 있어요. 궁금한가요?"

"네, 제빵 명장이 되려면 어떤 자격증이 있나요?"

"일단 국가공인 제빵 기능장이 있고요. 제과기능사, 제빵기능사, 국제 바리스타 자격증, 발효 빵 마스터, 마카롱 마스터, 케이크 디자인 등 셀 수도 없이 많이 있네요."

제빵 기능장을 제외하고는 조금만 노력하면 딸 수 있다. 물론 실력이 뒤를 받쳐줘야 하지만 말이다.

나의 스승은 강화도의 시골에서 빵을 만들었다. 비법의 천연 발효종과 참나무 장작으로 불을 땐 화덕으로 구워 내는 빵은 그 풍미를 따라갈 수 없었다. 스승님은 성격이 불같고 제자를 모질게 대했지만, 모두 자신의 제빵 기술을 전수하기 위한 행동일 뿐이다. 그걸 이겨낸 사람은 나밖에 없다. 난 7년 만에 스승님의 기술을 마스터했다.

스승님은 가족이 놀러 올 때 휴가를 주었다. 난 휴가 기간에 자격증을 하나씩 땄다. 스승님도 알고 있었지만 특별히 제재하지는 않았다. 그리고 7년간 수업을 마치고 스승님을 떠나는 그날부터 제빵 기능장 준비를 했다.

"제빵 기능장은 제과기능사, 제빵기능사 자격을 가지고 7년 이상 근무해야 도전할 수 있어요. 그만큼 숙련된 기술이 있어야 하는 거죠."

난 사회 돌아가는 법칙을 얼핏 알고 있었다. 제빵 기능장 자격을 따자마자 대한민국 제빵 명장 1호가 운영하는 명심당으로 찾아갔다. 30세에 명심당에 들어가 거기서 10년을 꼬박 일했다. 명심당에서는 제빵 명장의 화려한 기술을 주로 익혔다. 명심당의 화려한 빵은 젊은이들의 입맛을 저격했다.

하지만 난 생각이 달랐다. 천연 발효종 화덕 빵에는 못 미친다.

화덕에 솔잎을 넣고 빵을 구우면 참나무와 솔향이 은은하게 퍼지는 빵이 된다. 이 향기는 뇌에 조건화된 생각을 반사적으로 끄집어낸다. 고향에 온 것처럼 안정된 마음을 준다고 할까? 나는 박신달 스승님의 기술을 철저히 숨겼다.

제빵 명장 아래서 10년을 꼬박 일했다. 연애 한번 하지 않고 열심히 일만 했다. 월급을 올려달라고 하지도 않았다. 돈을 쓰지 않으니 돈이 모여 여의도에 작은 아파트를 사고, 나중에 가게를 내기 위해 월급을 모았다. 그저 열심히 제빵 기술을 갈고닦았다. 내가 왜 그렇게 바보 같은 짓을 했냐고?

우리나라에서는 왜 과학 노벨상이 나오지 않는 것인지 아는가? 노벨상을 탄 사람이 없기 때문이다. 일본은 메이지유신 이후 해외로 과학자를 보내 선진 과학기술을 배우기 시작했다. 그 결과 기타사토 시바사부로라는 세균학자는 노벨 생리의학상 1호 후보에도 올라갔다. 일본이 관료제만 아니었어도 더 빨리 노벨상을 탈 수 있었을 것이다. 결국 1949년 유카와 히데키가 일본 최초의 노벨상을 받았다. 노벨상을 탄 사람은 다른 과학자를 추천할 수 있다. 그 이후 일본에서는 노벨상이 이어졌다.

왜 제빵을 말하다 노벨상을 말하냐고? 노벨상과 제빵 명장은 닮았다. 제빵 명장의 추천이 있어야 후보에 오를 수 있는 것이다.

제빵 명장 1호, 나의 두 번째 스승, 심명진 덕분에 난 40세에 제빵 명장에 오를 수 있었다. 10년 동안 군말 없이 일한 대가다.

명심당을 나와 그동안 모아둔 월급으로 나의 이름을 딴 'CS 베이커리'라는 작은 빵집을 차렸다. 처음에는 월세로 시작했다. 거기서 강화도 스승님의 천연 발효종 화덕 기술을 꺼냈다. 대성공이었다. 대한민국 제빵 명장의 천연 발효종 화덕 빵으로 입소문이 났다. 가게를 몇 번 확장하면서 5년 만에 압구정동 5층 빌딩 전체로 CS 베이커리를 옮기게 되었다. 그리고 나는 텔레비전에 나와 얼굴을 알리는 데 노력했다. 이유는 단 하나, 자격증과 유명한 얼굴이 빵 맛을 결정하기 때문이다. 아니, 빵 맛을 지배하기 때문이다. 그게 뭐냐고?

남자 사회자가 방청객을 향하여 크게 말했다.

"자, 오늘 방청객들은 운이 좋습니다. 대한민국 제빵 명장의 천연 발효종 빵을 드실 수 있기 때문이죠."

커다란 화면에 내가 빵을 만드는 자료 화면이 나왔다. 빵 만드는 장면은 2주 전에 미리 찍었다. CS 베이커리에는 화덕이 있다. 지금은 오븐을 사용하고 화덕은 안 쓴 지 오래다. 촬영을 위해 나는 오랜만에 화덕에 불을 지폈다. 참나무와 솔잎을 겨우 구했다. 나는 액션을 위해 참나무를 도끼로 직접 패서 장작 만드는 장면부터 보여 주었다.

"참나무를 하나하나 잘라서 사용합니다. 여기에 솔잎을 넣고 불을 지피면 빵에 그 향기가 입혀지죠."

불을 지피고 밀가루 반죽을 시작했다. 반죽하는 나무통도 오랜

만에 사용했다. 밀가루를 발효하는 반죽 통도, 빵을 굽는 통도 모두 나무다. 스승님은 옛것을 고집했다.

"모든 것이 나무네요."

"참나무통이죠. 밀가루가 숨을 쉬는 것을 나무가 돕는 겁니다. 나무통을 사용하려면 특히 위생에 힘써야 하죠."

"그래서 많은 제빵사들이 사용하지 못하는 거군요."

"아무래도 귀찮겠죠."

나는 반죽에 천연 발효종을 섞었다.

"그것이 바로 유명한 천연 발효종이군요. 무슨 차이가 있죠?"

"인류는 다양한 방법으로 빵을 만들어 왔습니다. 크게 스트레이트법과 발효종법으로 나눌 수 있죠. 스트레이트법은 20세기 들어 공장에서 이스트를 대량 생산하면서 발달했어요. 빵을 빠르게 만들 수 있다는 장점이 있습니다. 하지만 천연 발효종은 달라요. 발효종을 관리해야 하고, 믹싱부터 완성까지 오랜 시간이 걸리죠."

"그런데 제빵 신께서는 왜 이렇게 귀찮은 방법을 사용하죠?"

"맛 때문이죠. 천연 발효종이 충분히 작용하면 각종 유기산과 부산물이 만들어져요. 그 결과 향미와 풍미가 늘어나고 수화가 충분히 진행되어 빵이 빨리 굳지 않습니다."

"오, 대단합니다. 그럼, 대부분의 빵집에서는 이런 방법을 사용하지 않는다는 거죠?"

나는 고개를 끄덕였다. 그러면서 효소제를 첨가했다.

"그건 또 뭐죠?"

"제가 직접 개발한 효소제입니다. 암모늄염은 발효종의 영양원이 되고, 아밀레이스와 프로테이스는 당과 아미노산 생성을 촉진시켜 발효가 잘 일어나게 합니다. 그리고 글루텐을 강화하는 산화제도 있고요."

"시청자 여러분 보이시나요? 이런 노력이 있기에 제빵 명장 중에서도 제빵 신이 될 수 있었던 겁니다. 그냥 하루아침에 이루어지는 것은 없어요."

화덕을 열고, 불 세기를 조절하며 반죽을 밀어 넣었다. 이렇게 텔레비전에 공개하는 것도 본다고 따라 할 수 있는 기술이 아니기 때문이다. 오랜만에 사용했지만, 7년간 배운 기술은 몸이 기억했다. 잠시 후 빵이 나왔다.

맛있게 부푼 식빵을 반으로 잘랐다. 발효되어 생긴 공기층을 보이면서 쫄깃한 식빵의 속살이 나왔다.

"우와, 먹지 않아도 맛을 알겠어요. 이 향기 말이에요."

게스트는 호들갑 떨며 식빵을 먹었다. 이제 향기가 머릿속의 기억을 끄집어낼 것이다.

"빵을 먹는데 왜 숲속에 온 기분이 들죠? 이건 먹는 게 아니라 휴식입니다, 휴식."

주로 먹는 역할의 게스트라 말은 잘한다. 그렇게 영상이 끝났다. 그와 동시에 김이 모락모락 나는 식빵이 든 트롤리 카트를

CS 베이커리 수석 제빵사가 끌고 나왔다.

"여러분도 같은 빵을 드셔보시죠."

나는 방청객을 향해 말했다. 그리고 빵을 나누어 주었다. 방청객들은 홀린 듯 빵을 먹었다. 사회자가 한 방청객에게 다가가 마이크를 대자 환한 미소를 지으며 말했다.

"이렇게 맛있는 빵은 처음 먹어요. 제빵 신이라는 별명이 그냥 생긴 게 아니네요."

옆에 있는 방청객은 영상에서 나온 게스트를 따라 했다.

"솔향과 참나무 향이 우리에게 휴식을 주는 겁니다."

그럴 리 없다. 저 빵은 오븐에서 구웠다. 대신 참나무 향과 솔향을 인위적으로 입힌 것이다. 화덕에서 구운 동영상을 보고 나서 맛을 보니 화덕에서 구운 것처럼 느끼는 것이다. 참 우스운 일이다. 제빵 신이 만든 빵? 나는 지금 빵을 만들고 있지 않다. 모두 기능사 직원들이 만든다. 파워블로거, 인플루언서들이 맛있다고 하는 빵을 자기만 맛없다고 평가할 수 없는 것이다.

"제빵 신 안창석 파티셰님, 이렇게 나와주셔서 감사드립니다. 앞으로 계속 맛있는 빵 만들어주시기를 바랍니다. 감사합니다."

방청객의 박수를 맞으며 촬영을 마쳤다. 카메라가 꺼졌음에도 방청객이 다가와 사인을 요청했다. 나는 웃으며 사인했다. 나는 이렇게 이미지를 만들어갔다. 나는 제일 늦게 제빵 명장에 들어왔어도 가장 유명해져서 제빵 신의 자리에 오른 것이다.

밖에서 나는 요란한 목소리에 눈을 떴다. 아침 8시, 김포댁이 출근했다.

"아니, 도대체 이게 뭐람? 창석 씨! 창석 씨!"

강화도 스승님의 라라제빵소에서 머문 지 일주일이 지났다. 어젯밤 늦게까지 마신 술에 취해 곯아떨어졌다. 머리에서 모래알이 돌아다니는 것처럼 잦은 통증이 있었다. 이불을 머리끝까지 뒤집어썼지만, 김포댁이 큰 목소리로 노발대발 떠들며 문을 두들기는 통에 버틸 수가 없었다. 나는 숙취가 가득한 몸을 일으켰다.

"왜요?"

나의 모습을 보자 화가 폭발하듯 김포댁의 눈이 커다랗게 변했다.

"어휴, 술 냄새. 범인이 여기 있었군. 이건 뭐야? 밀가루 묻은 옷이 얼마나 빨기 힘든데."

나의 옷 군데군데 밀가루가 묻어 있었다. 기억이 없는 것은 술에 취해 필름이 끊겼기 때문일 것이다.

"알아듣게끔 말씀해 보세요."

"제빵소 나가 봐. 창석 씨가 만들어놓은 걸 눈으로 직접 보라고."

제빵소로 통하는 문으로 나가자 온통 밀가루 천지였다. 만들다 만 밀가루 반죽이 나무 상자에 있었다. 제빵소 상황을 보자 단편적 기억이 돌아왔다. 나는 술에 취하자 빵이 만들고 싶어졌고, 그러다

비틀거리며 제빵소 한쪽에 있는 밀가루를 뜨고 반죽한 모양이다.

오른손을 들어보았다. 손가락 사이에 밀가루 반죽 조각이 굳어 있었다. 주먹을 쥐며 손가락을 움직여 보았다. 주먹을 쥐었다 폈다는 가능했지만, 손가락을 따로 움직일 수는 없었다. 나는 제빵 명장 타이틀도 빼앗겼지만, 이제 손 때문에 제빵 명장의 빵을 만들 수 없다. 뒤에서 김포댁이 짜증 섞인 목소리를 냈다.

"이제 빵 못 만든다면서?"

나는 뒤를 돌아 김포댁을 보았다. 김포댁은 가늘게 뜬 눈으로 나를 바라봤다. 인간보다 동물을 보는 눈에 가까웠다. 내가 한심했겠지. 나는 이왕 동물이 된 김에 더 동물이 되기로 했다.

"청소하기 전에 해장국 좀 먼저 끓여주세요."

얼토당토않은 나의 말에 김포댁의 입이 떡 벌어졌다. 하지만 내 속을 가라앉힐 무언가가 필요했다.

"이 상황을 보고 그런 말이 나와?"

"여기 청소는 제가 할게요."

김포댁의 시선이 옷에 묻은 밀가루로 갔다. 아까 밀가루가 묻은 옷을 빨기 힘들다고 했었지.

"옷은…."

밀가루가 아니더라도 단벌로 입고 온 셔츠와 바지는 누적된 나의 땀에 절어 있었다.

"옷은 새로 살게요."

"잘났어, 정말."

"오늘 풍물시장 장날이죠? 같이 가시죠. 김포댁도 옷 하나 사세요. 제가 사드릴게요."

김포댁의 굳어진 입가가 미세하게 꿈틀거렸다.

"영감님 기저귀 먼저 갈고. 해장국은 그다음."

김포댁의 입이 드디어 다물어졌다.

"그나저나 이 밀가루 반죽을 어쩐다."

나는 밀가루를 손으로 눌러보았다. 겉 부분에서 수분이 빠져나가 딱딱하게 되어 사용할 수 없었다. 대충 모아들고 제빵소 뒤쪽 쓰레기를 두는 곳에 버렸다.

대충 청소하고 나자 김포댁이 불렀다.

"빠띠새, 빠띠새."

파티셰라고 부르라고 하니 저런 호칭이 나온다. 아까처럼 화가 났을 때는 이름을 부른다. 파티셰라고 부르는 것은 화가 풀린 것이다. 이제 눈치를 볼 필요도 없다. 부엌으로 들어가자 식탁에 북엇국이 끓여져 있었다. 하얀 쌀밥을 말아 입에 넣으니 사골을 우려냈는지 진한 향에 입맛이 돌았다. 고개를 들자 열린 문틈으로 스승님께서 나를 바라보고 있었다.

"스승님은요?"

"요즘 입맛이 없으신지 잘 못 드시네. 죽을 끓였으니 그거 드리지 뭐."

"요즘 통 못 드시는데 요양병원으로 모셔야 하는 게 아닌지 모르겠네."

"아이고, 영감님 손녀가 안 해봤겠어? 그러니 날 쓴 거지."

윤기가 흐르는 빨간 총각김치를 하나 들어 깨물었다. 아삭한 총각무의 식감이 입맛을 더욱 돋게 했다. 죽어가는 스승님 앞에서 음식을 맛있게 먹기도 그래서 나는 일어나서 안방으로 갔다.

"스승님, 이따가 산책해요."

나는 문을 닫았다.

오후에 스승님을 휠체어에 태우고 산책하던 중에 김포댁에게 전화가 걸려 왔다. 다급한 목소리의 김포댁은 빨리 제빵소로 돌아오라고 했다. 가전제품이 배달되었다고 했다.

"스승님, 이제 돌아가요."

제빵소에 들어가자 대형 오븐이 있었다. 스승님의 전통적 제빵소에 어울리지 않는 빛을 냈다.

"빠띠새, 이게 뭐야?"

"이거 빵 굽는 오븐이에요."

"이제 빵 안 만든다면서!"

또다시 잃었던 기억의 단편이 돌아왔다. 술에 취해 밀가루를 반죽하고 빵을 굽고 싶던 나는 오븐을 구입했다. 얼른 스마트폰으로 제빵기기 구입 내역을 살펴보니 결제 사항이 있었다. 오븐을 살펴보니 최고급이었다. 나에게 돈이 문제가 아니었지만….

나는 오른손을 내려다봤다. 손이 떨렸다. 이 손으로는 제빵 신의 영광을 재현할 수 없다. 오븐을 가져온 업자가 물었다.

"이거 어디다 설치해요?"

산 걸 무를 수는 없다. 다행히 스승님의 제빵소는 공간이 넓다. 나는 주방의 한쪽을 가리켰다.

"설치는 알아서 할 테니 일단 저쪽에 세워주세요."

업자들이 오븐을 옮길 때, 김포댁이 다가왔다.

"이러면 곤란한데…. 점점 살림을 차리면 영감님 손녀가 보고 뭐라 할지 모르겠네."

나는 김포댁을 돌아보았다.

"뭐라고 하면 라라제빵소를 사면 되죠."

"빠띠새는 뭐든지 돈으로 해결하려는 게 문제야. 일에는 순서가 있는 거라고."

스승님이 손을 들어 오븐을 가리켰다.

"빵, 아저씨. 빵 사 줘."

스승님의 말에 김포댁이 휠체어 옆으로 갔다.

"영감님, 죽도 제대로 못 잡수시면서 빵을 어떻게 드시려고요?"

"…아저씨. 빵 만들어줘."

김포댁은 나의 얼굴을 한 번 힐끗 보더니 스승님께 말했다.

"이제 빠띠새 제자는 빵 못 만든대요. 손 다쳐서 못 만든대요."

나는 빵을 다시 만들 수 있을까? 손이 이렇게 된 후 빵을 만들지 않았다. 병원에서는 재활을 하라고 했다.

"재활하면 다시 빵을 만들 수 있나요?"

의사는 미소를 지으며 환자의 의지에 달려 있다고 했다. 손이 거의 움직이지 않아 포기하고 술에만 의지했다.

난 스승님의 얼굴을 보았다. 빠진 이를 보이며 웃고 있었다. 카스텔라라면 가능하지 않을까? 반죽이나 큰 손기술이 필요 없고, 부드러운 카스텔라라면 스승님도 드실 수 있을 것이다.

"김포댁! 풍물시장 갑시다."

"왜요? 진짜 빵 만들려고?"

"아니, 아까 옷 산다고 했잖아요."

김포댁의 표정이 밝아졌다.

"아, 그랬지? 시장 카트와 우산을 가져올게요."

나는 휠체어를 밀고, 김포댁은 스승님에게 강한 햇볕이 내리쬐지 않도록 대형 우산을 펴 그늘을 만들어주었다. 한 손은 우산을 들고 한 손은 카트를 끌었다. 더운 날씨라 5분 정도 걸었는데 김포댁의 이마에 땀이 솟았다.

"괜찮아요?"

김포댁은 붉어진 얼굴로 씨익 웃었다. 장난감을 사러 가는 아이의 천진난만한 웃음이었다.

"괜찮아."

그렇게 15분을 이동해 읍내 풍물시장에 도착했다. 김포댁은 물

만난 고기처럼 복잡한 시장 안을 요리조리 잘도 다녔다.

그때 나의 눈에 푸른빛을 띠는 달걀이 들어왔다. 카스텔라는 좋은 달걀이 필수다.

"김포댁, 잠시만요."

나는 푸른 달걀을 들어봤다. 달걀이 묵직했다. 손가락을 껍질에 튕겨 소리를 들어보니 두꺼운 껍질이 느껴졌다. 토종닭이 영양분을 충분히 먹고 낳은 달걀이다.

"이 달걀은 왜 푸른색을 띠죠?"

"청란이니 그렇지."

달걀을 파는 할머니가 미동도 없이 말했다. 청란을 들어는 봤는데 이렇게 푸른빛이 강한 줄은 몰랐다. 할머니 앞에는 여러 종류의 달걀과 오리알, 생닭 등이 있었다.

"할머니가 모두 키우신 거예요?"

"집에서 키워."

"유정란이에요?"

"그게 무슨 말이야?"

나는 스마트폰을 꺼내 플래시를 켰다. 달걀 뒤에 플래시를 비춰 빛을 통과시켜 보았다. 빨간 힘줄 같은 것이 보였다. 유정란이 맞다. CS 베이커리를 운영할 때, 농장에서 최고급 달걀을 공급받아 썼는데 그것보다 더 신선했다. 뒤에서 김포댁의 작은 목소리가 들렸다.

"빠띠새, 집에 계란 있어. 그리고 그건 비싸."

비싼 만큼 값어치를 하는 것이 달걀이다. 나는 청란을 놓으면서 물었다.

"얼마예요?"

"천 원."

얼핏 보니 달걀 보관용 30구 판에 20여 개가 있는 것 같았다.

"다 주세요."

"그럼 2만 원만 내."

주인 할머니는 표정 변화 없이 플라스틱 뚜껑을 덮고 빨간색 노끈으로 포장했다. 나는 지갑에서 카드를 꺼내 내밀었다.

할머니의 표정이 변했다.

"현금."

"할머니. 현금만 받으면 세금 포탈이에요."

"가지가지 하네."

뒤에서 김포댁의 목소리가 들렸다. 나는 김포댁을 째려봤다.

"저 할머니 집에서 닭 기르며 소일 삼아 하는 건데 카드가 되겠어?"

할머니 주변을 보니 카드 리더기 같은 것은 보이지 않았다.

"시골에는 시골만의 법이 있는 거야."

나는 김포댁을 돌아보고 손을 내밀었다.

"그럼, 시골법 좀 지키게 돈 좀 빌려주세요."

"엄매?"

천의 얼굴, 김포댁의 표정이 변했다. 싫은 티를 팍팍 내기에 나는 말했다.

"싫으면 다시 나가서 농협 ATM 갔다 와야겠지요."

그렇다면 시간이 많이 지체된다. 김포댁은 지갑 속에서 2만 원을 꺼내며 말했다.

"창석 씨, 우리는 옷 사러 왔다는 거 잊지 마."

김포댁은 할머니에게 돈을 건네고 달걀을 받아 시장 카트에 넣었다.

앞장서는 김포댁을 따라가자 이번에는 꿀이 보였다. 카스텔라에는 좋은 꿀이 필요하다. 내가 꿀을 보고 있자 김포댁의 가느다란 눈썹 끝이 위로 솟아올랐다. 화가 눈썹까지 차오른 것이다. 일단 후퇴.

"갑시다, 가. 도대체 옷 파는 곳은 어디예요?"

"어서 따라오기나 해."

시장의 끝으로 가자 옷 가게가 나왔다. 가게 앞에 수많은 옷이 걸려 있는데 거의 붉은빛과 분홍빛이 대부분이었다. 주인 아주머니가 나왔다. 머리를 자주색으로 염색해서 가게와 잘 어울렸다.

"언니 왔어요?"

"잘 있었지?"

둘은 잘 아는 사이인지 손을 마주 잡고 인사했다.

"빵집 영감님 옷 사시게?"

"아니, 저기 그러니까 빠띠새 양반 옷이랑 내 옷도 좀 사고."

옷 가게 주인은 나를 한 번 훑어보고는 김포댁과 가게 안으로 들어가 옷을 고르기 시작했다. 나는 가게 앞 의자 옆에 스승님 휠체어를 고정하고 옆에 앉았다. 스승님이 날 보며 물었다.

"…아저씨, 아이스크림."

"스승님, 몸이 안 좋으신데 찬 거 드셔도 돼요?"

"아이스크림."

나는 가게 안으로 소리쳤다.

"김포댁! 스승님 아이스크림 드셔도 돼요?"

그러자 옷 가게 주인이 빵빠레 하나를 가져와 건넸다. 가게 냉장고에 두고 먹는 것 같았다.

"스승님, 이거 드실 거예요?"

스승님은 빵빠레를 보자 힘이 나는지 가는 손을 들었다.

"제가 드릴게요."

나는 뚜껑을 열어 아이스크림을 스승님 입으로 가져갔다. 스승님은 입을 벌려 아이스크림을 물었다. 이가 거의 없어 입술로 훑는 수준이었다. 맛있는지 스승님의 깊은 주름이 펴졌다. 웃으시는 것이다. 나는 안에서 휴지를 가져와 찬찬히 아이스크림을 먹여 드렸다. 그렇게 아이스크림을 다 드시자, 김포댁이 나왔다.

"빠띠새, 옷 산다고 했잖아요. 들어와 봐요."

"스승님은요?"

"같이 오세요."

휠체어를 움직여 가게 안으로 들어갔다. 거의 여자 옷이고 남자 옷은 한쪽에 걸려 있었다. 여름이라 그런지 삼베옷이 많이 보였다. 시골 할아버지들이 많이 입고 있는 옷이다.

"난 노인이 아니에요."

그러자 옷 가게 주인이 나섰다.

"어머, 젊은 오빠, 이거 노인들이 입는 옷 아니에요."

그러더니 웃옷 하나를 가져와 보였다. 하얀 삼베옷은 아니었다. 회색으로 염색한 옷은 남방처럼 보였다. 이거라면 입을 수 있을 것 같았다. 하지만 반팔은 손목의 상처가 보여 곤란하다.

"긴팔은 없어요?"

"여름에 무슨 긴팔을 찾아요."

"전 긴팔만 입거든요."

옷 가게 주인이 곤란한 표정을 짓자 김포댁이 구원 투수로 나섰다.

"빠띠새, 그거 사고라면서? 근데 뭘 그리 숨겨."

틀린 말은 아니다. 하지만 상처를 보이는 것은 내 제빵 인생이 틀어졌다는 것을 들키는 것처럼 부끄러웠다. 내가 말이 없자 김포댁은 스카프를 하나 들고 왔다.

"그럼 이걸로 가려봐."

김포댁은 내 오른손의 옷깃을 접더니 상처에 스카프를 묶었다. 상처는 보이지 않았다.

"어때?"

"굳이 이렇게까지 해야 합니까? 그냥 긴팔 입으면 되는데."

"어휴, 본인이 노인이 아니라면서 냄새는 영감님을 능가하네. 매일 술 먹고 땀에 절었으니 그런 것 아니야? 반팔 입어야 영감님 냄새 빠지지 않겠어?"

나는 어깨를 들어 겨드랑이 냄새를 맡아봤다. 시큼한 냄새가 나긴 했다. 이때다 싶어 옷 가게 주인이 옷을 가져왔다.

"이거 입으면 땀이 바로 날아가요. 삼베가 통기성 좋은 거 아시죠? 손목 상처는 스포츠 보호대로 가릴 수도 있을 것 같은데요."

아, 그렇다. 손목 보호대로 간편하게 가릴 수도 있다.

"좋습니다. 삽시다."

"모시도 좋으니 한번 보세요."

김포댁과 옷 가게 주인은 옷을 가져와 내 몸에 댔다. 스승님도 즐거운지 손을 들었다. 김포댁이 스승님의 얼굴을 보며 말했다.

"영감님도 옷 사시겠다고요?"

스승님이 고개를 끄덕였다. 옷 가게 주인은 재빨리 하얀 삼베 옷을 가져와 스승님에게 대보았다. 김포댁이 나를 봤다. 돈을 내라는 뜻이겠지. 나는 고개를 끄덕였다. 스승님과 나의 옷만 한 포대는 될 것 같았다.

"김포댁은 안 사요?"

"난 이거."

김포댁이 정체를 알 수 없는 꽃무늬 옷을 흔들었다.

"하나면 돼요?"

"하나 더 해도 돼?"

김포댁은 밝게 웃었다. 어찌 저렇게 천진난만한 웃음을 지을 수 있을까? 나는 옷을 고르다 지쳐 손을 들어 얼른 사라고 재촉했다.

"빨리만 골라주세요."

이미 골랐는지 김포댁은 두 벌을 더 가져왔다.

"어쩐다…. 값이 많이 나왔네."

"얼만데요?"

"72만 원. 영감님 거랑 빠띠새 것만 57만 원이야."

김포댁은 우리 옷이 많다고 변명처럼 말했지만 괜찮다. 나는 카드를 꺼냈다. 제빵 신으로 있을 때는 200~300만 원짜리 맞춤 양복을 입었다.

이제 카스텔라 재료를 구해야 했다. 얼른 옷 가게에서 나와 눈에 넣어둔 잡화꿀 한 병을 샀다.

문제는 바닐라였다. 이런 시골에 바닐라빈이 있을 리 만무했다. 바닐라 익스트랙도, 바닐라 오일도 없었다. 가장 큰 마트에서 겨우 인공 향료인 바닐라 에센스를 구해서 라라제빵소로 돌아왔다.

제빵소의 넓은 테이블에 재료를 펼쳐 놓았다. 청란과 꿀을 빼고는 원하던 물건이 아니다. 소금도 버터도 원하는 것이 아니다. 부족한 것 투성이다. 이런 재료로 만든 카스텔라가 맛있을 리 없다. 갑자기 오른손에 통증이 피어났다. 맛없는 빵을 만들어 제빵 신의 이름에 먹칠하지 말라는 경고 같았다.

나는 오른손을 보았다. 솟아오른 상처가 더 붉게 변한 것 같았다. 신경 절단 후 접합 수술은 잘됐다고 했다. 병원에서는 꾸준한 재활 훈련을 충분히 하면 불편하지 않을 정도로 손가락을 움직일 수 있을 거라 했다.

"으…. 도저히 못 만들겠어."

김포댁이 스승님을 씻기고 밖으로 나왔다.

"아직 시작도 안 했어?"

나는 테이블에 손을 댄 채 고개를 들지 못했다.

"빠띠새?"

"손이 아파서 못 만들겠어요."

"그럼 내가 해볼게. 옆에서 가르쳐줘."

괜찮은 방법 같기도 했다.

"시키는 대로 할 수 있어요?"

"나도 평생 음식을 만든 사람이야."

"좋습니다. 먼저 달걀, 달걀을 다섯 개 깰 거예요. 노른자와 흰자를 분리해주세요."

김포댁은 달걀을 깨서 조심스럽게 노른자를 분리해 볼에 넣었다. 노른자가 진한 주황빛을 띠었다. 눈으로 보기만 해도 신선함이 보였다. 다른 재료가 부족한 것이 아쉬웠다. 김포댁은 거품기로 노른자를 섞었다. 나는 주방을 뒤져 가장 가는 체를 꺼내 물로 씻어 가져 왔다.

"다음은 노른자를 가장 가는 체에 걸러야 해요."

"겨우 카스텔라 만드는데 그렇게까지 해?"

김포댁이 스승님 제자였다면 국자로 머리통을 맞았을 거다.

"자, 어서 시키는 대로 하세요."

김포댁은 체에 대고 노른자를 걸러냈다. 주황빛 노른자가 방울 방울 떨어졌다. 나는 잡화꿀을 두 숟가락 떠서 노른자에 넣었다. 그리고 우유와 오일, 버터를 넣었다. 우유는 1등급 무지방 우유를, 오일은 지중해산 올리브 오일을, 버터는 오메가3 지방산으로 만든 발효 버터여야 했다. 아쉬운 부분이다.

김포댁은 땀을 송골송골 흘리며 거품기로 섞었다.

"아, 괜히 한다고 했네."

"힘내세요. 이제 박력분, 그리고 소금과 바닐라 에센스를 넣읍 시다."

나는 박력분과 소금은 계량해서 넣고, 바닐라 에센스를 넣었다. 인공 재료를 쓰다니, 손이 떨렸다.

"다시 섞어주세요."

"일부러 똥개 훈련시키는 거 아니야?"

"왜 제가 똥개 훈련을 시킵니까?"

"한 번에 넣고 섞으나, 따로 넣고 섞으나 뭐가 달라?"

나도 빵을 배울 때 가진 의문이었다. 하지만 분명 차이가 있다. 설탕을 먼저 넣어 녹여서 재료에 흡수시킨 후 다른 조미료를 넣는 것과 설탕과 조미료를 한꺼번에 넣어 재료를 섞는 것은 분명히 다르다.

"다르니 한번 해보세요."

김포댁이 이를 악물고 재료의 혼합을 시작했다. 나는 틀을 준비했다. 틀에 종이 포일을 깔고 오븐을 켜서 예열을 시작했다.

"이제 됐지?"

김포댁이 행주로 이마를 닦았다. 이제 흰자로 머랭을 만들어야 하는데 어떡하지? 스승님 제빵소에 자동 거품기가 있을 리 없다. 스승님은 모든 과정을 정성을 들여 만들어야 한다고 했다.

"머랭을 만들어야 합니다."

"머, 뭐?"

"머랭이요. 흰자를 저으면 생크림처럼 만들어져요."

김포댁의 눈썹이 치켜 올라갔다.

"거짓말 안 통해. 이제 창석 씨가 직접 만들어!"

나는 거품기를 손으로 잡았다. 거짓말처럼 손에서 통증이 올라와 거품기를 쥘 수 없었다.

"이거 보시라고요. 손에 힘이 들어가지 않아요."

"난 못 해."

겨우 이 정도로 포기하다니, 물까지 약수터에 가서 길어오라고 하면 분명히 날 때릴 것이다.

"그럼, 머랭은 포기하고 만들어볼까?"

나는 노란 반죽을 틀에 부었다. 묽지도 되지도 않았다. 틀을 오븐에 넣고 150도로 맞추었다. 10분 후 오븐을 열고 반죽을 포크로 휘저었다. 공기를 빼서 가운데가 부풀지 않는 카스텔라를 만들 것이다. 그렇게 50분, 카스텔라가 완성되었다.

김포댁은 언제 그랬냐는 듯 모락모락 김이 나는 카스텔라에 코를 대고 냄새를 맡았다.

"오, 정말 맛있는 냄새가 나는데? 이 카스텔라를 정말 내가 만들었단 말이야?"

아까 만들기 싫다고 포기한 사람의 입에서 나올 말은 아니지만 아쉬운 사람은 나니, 그냥 됐다.

"자, 이제 잘라봅시다."

나는 제빵용 긴 칼을 가져와 카스텔라를 조각조각 잘랐다. 가운데 공기층이 있는 노란 카스텔라였다. 나는 한 조각을 접시에 올려 김포댁에게 내밀었다.

"드셔보세요."

김포댁은 포크도 사용하지 않고 손으로 집어 입에 넣었다. 카스텔라가 입속에서 순식간에 사라졌다.

"하나 더."

나는 한 조각을 더 접시에 올렸다. 김포댁은 다시 한 조각을 우적우적 씹어 먹었다. 나는 한 조각을 더 올렸다. 김포댁은 다섯 조각을 먹고는 고개를 끄덕였다.

"파는 거랑 똑같네."

역시 실패다. 파는 거랑 똑같다는 말은 칭찬이 아니다. 제빵 신의 빵은 파는 것보다 훨씬 더 뛰어나야 했다.

"빠띠새, 어서 영감님도 가져다주자고."

김포댁의 말에 나의 심장이 갑자기 쿵쾅거리며 뛰었다. 스승님께 평가받는 건 항상 긴장되고 두려운 시간이었다. 나는 접시에 카스텔라 두 조각을 올렸다. 김포댁이 접시를 들고 안채로 들어갔다.

"영감님, 빵 드셔보세요."

스승님이 치매라고는 하지만 빵에 대한 본능은 살아 있을 것이다. 나는 스승님의 평가를 듣고 싶지 않았지만 궁금함을 이기지 못하고 안채로 들어가 식탁에 앉았다. 열린 문틈으로 김포댁과 스승님이 보였다.

"영감님, 제가 만든 카스텔라예요. 드셔보세요."

김포댁이 스승님을 앉히고 포크로 카스텔라를 떼어 입에 넣었다. 스승님이 입술을 오물거리며 씹었다. 나는 주먹을 쥐었다 폈다. 심장이 온몸을 흔들었다.

"아줌마가 만들었다고?"

"그럼요. 처음치고는 잘했죠?"

스승님이 고개를 들었다. 문틈 사이로 나와 눈이 마주쳤다. 스승님의 불투명한 눈이 나를 질책하는 것 같았다. 어디서 이런 먹지도 못 할 빵을 만들었냐고 하실 것 같았다.

"배고파. 더 줘."

"거봐요. 맛있죠?"

"배고파서 먹어."

배고파서 먹는다니, 최악의 평가다. 나는 제빵소로 뛰어나갔다. 재료를 탓할 필요 없다. 진짜 제빵 신이 노해 나의 오른손을 이렇게 만든 것이다. 거짓말을 일삼고 빵을 농락했으니 이제 빵을 만들지 말라고 말이다. 나는 카스텔라를 크린백 비닐봉지에 마구 쑤셔 넣었다. 그리고 밖으로 나가서 쓰레기통에 그대로 던져버렸다.

안으로 들어와 냉장고에서 막걸리를 꺼내 양은 잔에 부어 거침없이 마셔 버렸다. 잠시 후 제빵소로 나온 김포댁이 두리번거렸다.

"뭐야? 카스텔라는 어딨어?"

"버렸어요!"

"버려? 왜?"

"그딴 실패작은 버려야죠."

"실패작이라니! 나도 맛있게 먹고, 영감님도 맛있게 드셨잖아."

"실패작이에요. 그건 카스텔라가 아닙니다!"

난 분노를 내뱉고 막걸리를 따라 마셨다. 나의 기세가 강했는지 김포댁도 더는 말하지 못했다.

"아휴, 아까운 거를 왜 버렸담."

나는 그렇게 막걸리를 계속 마셨다.

"손 아프다면서 술은 잘 따르네."

안채로 들어가며 김포댁이 혼잣말했다. 그러게. 막걸리 잔 잡는 것에는 문제가 없었다. 빵은 못 만들게 하고, 술은 마시게 하는 이 저주받은 오른손은 알코올만 받아들여 결국 나를 파멸로 이끌 것이다.

그렇게 며칠이 지났다. 난 술에 취하지 않으면 밤을 보낼 수 없었다. 저녁부터 마시는 술은 결국 이성을 잃게 했고, 이성이 없는 뇌는 빵을 만들게 했다. 아침이면 어김없이 실패작이라고 말할 수도 없는 딱딱한 식빵이 제빵소 탁자에 올려 있었다.

"창석 씨! 제발 먹지도 못할 빵 좀 만들지 마. 이게 도대체 몇 번째야?"

"나도 만들고 싶지 않다고요."

"손 아파서 빵 못 만든다면서?"

"나도 몰라요. 오른손에 귀신에 씌었나 보지요."

나는 식빵을 낚아채듯 들고 제빵소를 나왔다. 평소 하던 대로 건물 뒤로 돌아가 쓰레기통에 버렸다. 버려진 빵을 보자 마음이 아팠다. 쓸모없는 나를 쓰레기통에 버리고 싶었다.

"이 쓰레기야. 죽어버려!"

나는 쓰레기통 입구를 잡고 머리를 쓰레기통에 넣어버렸다. 더운 날이라 그런지 퀴퀴한 냄새가 콧속을 파고들었다.

우웩~.

쓰레기통에서 머리를 뺄 수밖에 없었다. 쓰레기통 옆에 앉아 헛구역질을 몇 번 더 했다. 되려 어제 마신 술이 올라왔다. 아침에 일어나서 마신 음료수가 쏟아져 나왔다.

"잘났어, 정말."

고개를 들어 보니 김포댁이 굵은 허리에 손을 올리고 있었다. 내가 어지른 제빵소를 치웠는지 쓰레기가 든 비닐봉지를 들고 있었다. 김포댁은 다가와 비닐봉지를 쓰레기통에 넣었다.

"영감님 기운이 없으니 점심 먹고 콧바람 좀 쐬어. 창석 씨도 쉬면서 마음 좀 잡고. 언제까지 계속 이런 생활을 할 거야?"

점심을 먹고 스승님을 휠체어에 태우고 산책길로 갔다. 며칠 만에 나온 건지 기억도 나지 않았다. 평소 스승님과 산책하는 길로 더운 날씨였지만, 소나무 숲에 들어가면 더위가 사라졌다. 처음 빵을 만들 때의 옛 기억이 떠올랐다.

"스승님, 옛날에 여기 소나무 솔잎 따다가 빵 만들었는데 말이에요."

스승님은 손을 힘겹게 올렸다. 스승님도 나도 점차 몸이 약해졌다. 기차 화통을 삶아 먹은 듯한 김포댁만 나이를 거꾸로 먹는 것 같았다. 59세라면 노인으로 들어가는 길목인데도 말이다.

"…솔잎 따줘."

"네? 솔잎 따라고요?"

스승님은 고개를 끄덕였다. 나는 솔잎이 풍성하게 있는 가지를 잘라 스승님 무릎에 올렸다.

"여있습니다. 냄새 좋죠?"

그렇게 산책을 마치고 제빵소로 들어갔다. 김포댁은 솔가지를 버리려고 했지만, 스승님은 고집을 부리고 솔가지를 놓지 않았다.

"영감님 더러워요. 나뭇가지를 방 안에 가져오면 어떡해요?"

"…버리지 마."

나는 시원한 물을 냉장고에서 꺼내 마시며 말했다.

"거, 스승님이 좋아하시니 그냥 둡시다."

"스승과 제자가 짝짜꿍이 잘 맞으시네. 날 괴롭히려고 작정했나."

"옛날 빵 만들 때 기억이 나셔서 그럴지도 몰라요."

김포댁은 내 말을 듣고 스승님에게 다가갔다.

"그럼, 더러우니 목욕할 때 닦아서 드릴게요."

김포댁은 하루를 마무리하고 퇴근 준비를 했다. 나도 목욕을 하고 하루를 준비했다.

이제 술이 없으면 잠을 잘 수 없었다. 김포댁이 가면 제빵소로 나가 술을 마실 것이다.

"빠띠새."

"이제 퇴근하세요. 여기는 걱정하지 마시고요."

"아니, 오늘 영감님이 이상해. 그러니 술 마시지 마."

"스승님은 걱정하지 마시라니까요."

"내 말 허투루 듣지 말고, 나와 봐."

나는 방에서 나와 스승님이 누워 있는 방을 들여다봤다. 스승님은 아까 꺾어온 솔가지를 안고 있었다. 평소와 다른 모습이긴 했다.

"정말 옛날 기억이 나서 그런가 보네요."

"아니야. 오늘따라 말이 없고 이상하니 술 마시지 말고 꼭 정신 차리고 영감님 좀 신경 써."

나는 김포댁이 멘 배낭을 밀어 집 밖으로 몰았다. 드문드문 주황빛 가로등이 어두운 시골을 점점이 밝히고 있었다.

"조심히 가세요."

"내일은 그 빵 좀 보지 맙시다."

김포댁이 시야에서 사라지자 제빵소로 들어와 냉장고 문을 열었다. 소주가 한 병뿐이었다. 분명히 여러 병 사다 두었는데 모두 사라지고 없다. 그제야 김포댁이 등에 메고 가는 배낭이 생각났다. 배낭을 밀 때 손끝에서 차가운 병들이 느껴졌다.

"아이씨, 한 병으로 누구 코에 붙이라고."

난 순무 김치를 꺼내와 소주를 마셨다. 옛날의 영광을 생각하며 한 잔 두 잔 마시자 초록병의 물은 금방 사라졌다. 아쉬웠다. 맨 입술을 한번 핥고 자리에서 일어났다. 읍내에 소주를 사러 가기로 했다. 왕복 30분이면 된다. 지갑을 가지고 나오다가 열린 문틈으로 스승님을 보았다. 솔가지를 머리맡에 두고 주무시고 계셨다. 뭔가 이상한 느낌이 들었다.

지갑을 다시 두고 제빵소에 나와 술 마신 자리를 정리했다. 스승님을 신신당부했던 김포댁의 모습이 떠올랐기 때문이다.

"참 나, 한 병으로 잠이 오려나 모르겠네."

나는 문을 열고 스승님을 한 번 본 후 방으로 돌아왔다. 자리에 눕자 피식 웃음이 나왔다. 화려한 꽃무늬 옷을 입고, 꼬불꼬불하게 염색한 파마머리 김포댁이 생각났다. 표정이 마음에 따라 순식간에 휙휙 변하는 김포댁이다.

"쳇, 엄마가 따로 없네."

김포댁이 술에 취하면 빵을 만드는 나를 생각해서 한 병만 두고 간 마음이 너무 고마웠다. 그렇게 나는 깊은 잠으로 빠져들었다. 얼마나 잤을까? 눈이 저절로 떠졌다. 뭔가 방안에서 이상함이 느껴졌다. 창을 보자 아직 어두운 깊은 밤인데 문밖에서 빛이 들어왔다. 머리맡의 스마트폰을 보니 새벽 3시를 넘기고 있었다.

'김포댁이 돌아왔나?'

나는 자리에서 일어났다. 거실로 나가자, 제빵소로 통하는 곳에 불이 켜져 있었다. 누구지? 제빵소에 나가니 후끈한 뜨거움이 전해졌다.

"스, 스승님?"

스승님은 화덕 하단 아궁이에 불을 지피고 긴 꼬챙이로 불을 조절하고 있었다. 치매 노인이 불장난을 했다가는 한옥으로 된 가게를 홀랑 태울 수 있었다. 나는 놀라 뛰어갔다.

"스승님, 불장난은 안 됩니다."

내가 다가가자 스승님은 빵틀을 하나 들어 내 머리를 내리쳤다.

"으악!"

20년 전 실수하면 맞던 기억이 솟아났다.

"이놈아! 빵은 화덕으로 만들어야 한다고 하지 않았느냐! 저게 뭐냐?"

스승님이 가리킨 곳에는 내가 술에 취해 구입한 오븐이 있었다.

"그건 그렇지만, 스승님 기억이 돌아왔습니까?"

"그래, 이놈아. 어서 냉장실에 가서 내가 만들어놓은 반죽을 가져오거라."

혹시 꿈을 꾸는 게 아닌가 생각했다. 하지만 빵틀로 맞은 머리에서는 통증이 전해졌다. 나는 귀신에 홀린 것처럼 반죽이 들어 있는 발효 용기를 가져왔다.

"냄새를 맡아보거라."

밀가루 반죽 냄새를 맡았다. 신선한 천연 발효종이 내뿜는 기체 분자들이 코로 들어왔다. 2차 펀치 과정까지 끝난 반죽이다.

"발효가 잘됐습니다."

"그럼 반죽을 분할해 캄파뉴 성형을 하거라."

나는 오른손을 들어 내려다봤다. 부푼 상처가 보였다.

"못 합니다. 스승님, 저의 업보로 손이 망가졌습니다."

"못난 놈. 손을 다쳤다고 제빵 명장, 제빵 신의 실력도 사라졌다는 것이냐?"

"아, 알고 계셨습니까?"

스승님은 나의 소식을 듣고 있었다. 제빵 명장이 된 것도, 텔레비전에 나오면서 제빵 신이 되었던 것도 알고 있었다. 당연히 공든 탑이 무너진 것도 모두 알고 계실 것이다.

"너는 왜 그 지경이 되었느냐?"

평소 깊이 생각해보지 않았다. 그저 나를 시기하는 사람들이 간악한 술수로 여기까지 끌어내린 것이다. 하지만 그렇게 대답하지 못했다.

"빵을 다시 만들고 싶더냐?"

"당연하지요. 다시 제빵 신의 명성을 찾고 싶습니다."

"너는 손이 아파서 제빵 신의 빵은 못 만든다고 하지 않았느냐? 그런데 어떻게 제빵 신의 명성을 찾을 것이냐?"

나는 오른손을 내려다보았다. 손을 쥐었다 폈다는 할 수 있었다.

"캄파뉴를 만들어라."

할 수 있을까? 나는 반죽을 자르는 스크레이퍼를 들었다. 떨리는 손을 반죽으로 가져갔다. 차가우면서도 부드러운 반죽의 느낌이 났다. 스크레이퍼를 든 오른손에 힘을 주어 반죽을 잘라냈다. 반죽 사이 공기층이 손가락 끝에서 터지는 느낌이 들었다.

잘라낸 반죽을 작업대에 올려 손으로 살살 문질러 구형으로 모양을 잡았다. 작업대 한쪽에 놓고 벤치 타임을 가졌다. 글루텐 배열이 정리되는 시간이다.

10분의 벤치 타임을 끝내고 다시 반죽을 만져 탄산가스를 빼고 모양을 성형했다. 반죽을 둥글게 만들어 커터칼로 윗부분에 쿠프라고 불리는 엑스표 모양을 그었다. 쿠프는 완성된 빵의 모양도 예쁘게 만들고 잘 부풀게도 한다. 이 빵은 화덕 안에서 부풀어 프랑스 정통 빵 캄파뉴가 된다. 아니 캄파뉴를 능가하는 빵이 된다. 캄파뉴 반죽을 네 개 만들자, 스승님이 말을 이었다.

"식빵 틀에도 넣어라."

20대가 된 것처럼 기억이 돌아왔다. 식빵은 원통형 반죽을 만들면 된다. 남은 반죽의 양을 가늠해보니 식빵 두 개를 만들 수 있을 것 같았다. 나는 먼저 반죽을 두 개로 나누고, 나눈 반죽을 다시 삼등분해서 둥글게 말았다. 그리고 작업대에 두고 밀대로 밀어 원기둥을 세 개 만들어 틀에 넣었다. 이게 화덕에 들어가면 부풀러 볼록볼록한 식빵이 될 것이다. 식빵은 발효를 위해 다시 냉장실에 넣었다.

스승님은 아궁이의 숯을 조절해 불을 강하게 피웠다. 아까 꺾었던 솔가지도 화덕 안쪽에 넣었다.

스승님은 평소 일어설 힘도 없으면서 힘든 일을 척척 해냈다. 화덕을 열어 아래쪽에서 올라오는 불기둥을 철제 뚜껑으로 덮어 불의 세기를 조절했다. 처음에는 강한 불, 그러니까 250도에서 굽는 캄파뉴다. 스승님은 평생 화덕 앞에 있어 느낌으로도 불의 온도를 정확히 맞췄다.

"이제 반죽을 넣어라."

나는 커다란 나무 주걱에 캄파뉴 반죽을 올리고 화덕 안으로 밀어 넣고 관성으로 주걱을 빼냈다. 그렇게 스승님은 화덕 앞을 지켰다.

"스승님, 괜찮으세요?"

"괜찮고 말고. 평생 해오던 일을 하는데 뭐가 힘들겠느냐?"

그렇게 40분이 지났다. 이제 빵이 완성되어 나올 시간이다.

"빵을 꺼내거라."

나는 다시 커다란 주걱을 밀어 넣어 캄파뉴를 꺼냈다. 겉이 바삭하게 구워진 캄파뉴, 반죽에 그은 엑스표가 커다랗게 갈라지며 멋진 문양을 만들었다. 나는 노크하듯 빵을 두들겼다. 소리에서 고소함이 느껴졌다.

"스승님, 잘 구워졌습니다."

스승님은 말없이 아궁이의 불을 만졌다. 아마 식빵을 굽기 위해 온도를 낮추는 작업 중일 것이다. 빨간 숯을 꼬챙이로 이리저리 움직이고는 위쪽 화덕에서 뚜껑을 닫아 180도의 온도를 만들었다.

"자, 이제 식빵이다."

나는 식빵 반죽틀을 냉장고에서 꺼냈다. 2차 발효가 되어 반죽이 틀 위까지 부풀어 올라왔다. 식빵 반죽을 화덕 속에 밀어넣었다.

스승님은 꼬챙이를 내려놓으셨다.

"이놈아, 손이 안 움직이면 어떠냐? 그 손으로도 만들 수 있는 빵이 있지 않느냐."

나는 오른손을 움직여 보았다. 혼자 빵을 만들 때는 통증이 있었는데 무슨 이유에선지 아프지 않았다. 스승님과 같이해서 그럴까? 갑자기 눈물이 왈칵 솟아올랐다. 나는 스승님 앞으로 가서 무릎을 꿇었다.

"…스승님. 흑흑."

스승님은 잠시 내 눈물이 마를 때까지 기다렸다.

"창석아."

"네, 스승님."

"제빵 명장, 제빵 신이라는 이름에 걸맞은 빵을 만들려고 하니 문제가 생기는 게 아니더냐?"

나의 CS 베이커리에서는 화려한 재료를 사용한 빵만 취급했다. 가격은 일반 빵집의 두 배 이상이었다. 그래도 사람들이 찾아왔다. 제빵 명장, 제빵 신이 만든 빵을 먹기 위해 온 것이다. 그들은 SNS에 자랑스럽게 나의 빵을 올렸다. 나는 제빵 신의 타이틀을 알리기 위해 텔레비전 출연에 집중했고, 빵 만드는 것은 모두 직원에게 일임했다.

"스승님, 저는 앞으로 어떤 빵을 만들어야 할까요?"

"사람을 살리는 빵을 만들거라."

사람을 살리는 빵이라…. 빵이 약도 아니고, 빵으로 어떻게 사람을 살린다는 말인가.

"그게 어떤 빵입니까?"

"잘 생각해보거라."

알 수 없는 이야기지만 나는 손바닥을 바닥에 대고 고개를 숙였다.

"네, 명심하겠습니다."

"난 피곤하니 뒷정리를 부탁한다."

나는 스승님을 부축했다. 안채로 들어가 스승님을 눕혔다. 언제 그랬냐는 듯 스승님은 가만히 눈을 감고 깊은 잠으로 빠져들었다. 나는 스승님께 이불을 덮어드리고 다시 제빵소로 나갔다.

흐르는 땀을 수건으로 닦았다. 스승님이 계실 때는 몰랐는데, 제빵소 안은 더웠다. 여름인 탓도 있지만 화덕에서 참나무가 타면서 내는 열이 만만치 않았다. 시간이 되어 식빵을 꺼냈다. 작은 봉우리 세 개가 볼록하게 올라왔다. 식빵을 틀에서 빼내 손으로 잡았다. 뜨거움이 전해졌지만, 이 정도야 이골이 났다. 아니, 빵에서 전해지는 뜨거움이 반가웠다.

나는 식빵을 양쪽으로 잡아당겼다. 식빵이 갈라지며 빵 안쪽이 거미줄처럼 갈라졌다. 발효가 충분히 되었다는 증거다. 나는 식빵을 코로 가져갔다. 저 멀리 참나무향과 솔향이 코로 들어왔다. 위에서 식욕을 자극했다. 나는 식빵을 뜯어, 아니 찢는다는 게 더 정확하겠다. 나는 식빵을 찢어 입에 넣었다. 입안에서 따뜻하고 부드러운 감촉이 느껴졌다. 그래, 이것이 진짜 식빵이다.

흥분이 가라앉자 온몸이 땀으로 젖어 있다는 것을 알았다. 나는 아궁이를 열어 숯을 정리하고 목욕탕으로 들어갔다. 땀이 많이 났지만, 뜨거운 물을 받았다. 먼저 찬물로 샤워를 해서 땀을 식히고 뜨거운 물에 들어갔다. 눈꺼풀이 저절로 내려왔다. 나는 그렇게 깜빡 잠이 들었다.

"창석 씨! 안창석 씨! 어딨어?"

나는 놀라 잠에서 깨어났다. 김포댁이 들어와서 빵을 보고 놀랐을 것이다. 또 술에 취해 실패작을 만든 줄 알겠지.

"나, 여기 있어요. 목욕탕이요."

"또 먹지도 못할 빵을 만들었어? 내가 술 마시지 말랬지!"

"깜짝 놀랄 준비나 하고 있어요. 곧 나갈게요."

나는 얼른 물기를 닦고 장에서 샀던 모시옷을 입었다. 뭔가 개운했다. 목욕탕에서 나오자 김포댁의 화난 얼굴이 보였다.

"스승님은 깨우지 마세요. 어제 새벽까지 일하셨어요."

"도대체 뭔 소리야?"

"자, 일단 제빵소로 나와 보세요."

나는 김포댁의 팔을 잡아끌고 제빵소로 나갔다.

"어제 술 사러 읍내까지 나간 거야?"

"무슨 소리? 여기 빈 병 하나밖에 없잖아요. 어제는 한 병만 마셨다고요."

"그럼 이 빵은 뭐야?"

나는 식빵을 들며 미소를 지었다.

"이거 스승님과 제가 만든 빵이에요. 실패작이 아닌 완성품이죠."

"꿈꿨어? 영감님은 거동하지 못하는 분인데 무슨 빵을 만든다는 거야."

"믿기지 않으시겠지만 사실이에요. 어제 새벽에 스승님이 화덕에 불을 붙이고 반죽하셨어요."

나는 식빵을 찢어 김포댁에게 건넸다.

"이 식빵을 먹어봐요. 눈 감고요."

김포댁은 의문이 가득한 눈으로 빵을 입에 넣었다.

"어때요?"

"뭐, 부드럽고 쫄깃하네."

나는 빵칼을 가져와서 캄파뉴를 잘랐다. 캄파뉴는 겉은 바삭하고, 속은 부드럽다.

"이것도 드세요. 이건 캄파뉴라는 빵이에요."

김포댁이 빵을 깨물자 아삭 소리가 났다.

"맛있네. 그런데 이걸 영감님이 만들었다고?"

"그렇다니까요. 이제 스승님께서 다시 힘이 생겼나 봐요."

"뭐, 그렇다면 좋은 일이겠지만…."

"조금만 이따가 깨우세요. 밤을 새우셨거든요."

김포댁이 안채로 들어가자 난 캄파뉴 맛을 봤다. 화려한 재료를 넣을 필요는 없다. 여기에 치즈나 채소를 얹어 먹으면 된다. 이 빵은 세상의 모든 재료에 어울릴 것이다. 자신의 취향에 맞추면 되는 것이다.

난 반죽을 해보기로 했다. 반죽 통에 밀가루를 붓고, 가운데를 움푹 팠다. 그리고 정수기에서 물을 받아 가운데에 부었다. 백두산 천지 같은 칼데라호처럼 보였다. 나는 손으로 밀가루를 가운데 물로 밀어 넣으며 반죽을 시작했다.

그때 안채에서 평화를 깨는 듯한 비명이 들렸다. 김포댁이었다. 김포댁이 이런 목소리를 냈던가?

"창석 씨! 큰일 났어. 빨리 들어와!"

목소리에서 다급함이 느껴졌다. 나는 수돗물을 틀어 손을 대충 닦고 안채로 들어갔다. 김포댁은 스승님 방에 있었다. 그녀는 떨고 있었다.

"영, 영감님이…."

스승님의 얼굴은 평화로웠다. 하지만 직감했다. 자기 일을 마치고 훌훌 세상을 떠난 모습이란 것을 말이다. 귀를 스승님의 가슴에 댔다. 심장 소리가 들리지 않았다.

이럴 때는 어떻게 해야 했더라.

"김포댁. 어서 119, 119 불러요."

나는 손을 모으고 스승님의 가슴 압박을 시작했다. 응급처치를 어떻게 하는지 몰랐지만, 그저 손으로 가슴을 압박했다. 얼마나 지났을까? 사이렌 소리가 멀리서 들리더니 응급구조사들이 방으로 들어왔다. 한 명은 나를 밀쳐내 가슴 압박을 시작하고, 다른 하나는 AED라고 쓰인 가방을 열었다.

"언제부터 이랬습니까?"

알 수 없다. 스승님은 새벽 6시쯤 누우셨다.

"새벽까지 일하다 누우셨습니다. 6시쯤이요."

AED 기계를 꺼낸 구조사가 패드를 꺼내 스승님의 몸에 붙였다.

"모두 조용히 하시고 환자 몸에서 손을 떼세요."

기계에서 불이 켜졌다 꺼졌다 하더니 잠시 후 기계음이 흘러나왔다.

[분석 진행 중입니다. 접촉 금지.]

심장마사지를 하던 응급구조사가 손을 뗐다.

[심실세동이 없습니다. 필요시 CPR 시작하세요.]

기계는 작동하지 않았다.

"심정지, 심정지 상태입니다. 병원으로 이송 준비하세요."

스승님은 들것에 실려 밖으로 나가 구급차에 실렸다. 내가 보호자로 올라타자 구급차는 달리기 시작했다. 심폐소생술은 계속되었다.

"일단 가장 가까운 응급의료센터는 김포우리병원 응급실이니 그쪽으로 가겠습니다."

나는 고개를 끄덕였지만, 소용없는 행위라는 것을 직감적으로 알 수 있었다. 스승님의 심장은 뛰지 않았다. 거동을 겨우 하시던 스승님이 화덕에 불을 지피고 반죽을 만들었다. 스승님은 나를 가르치기 위해 마지막 기력을 짜낸 것이다.

"스승님, 감사합니다."

응급구조사는 같은 말을 되뇌는 나를 이상한 눈으로 보았다.

부활한 제빵 신의 빵

　　강화읍 한 장례식장에 스승님을 모셨다. 김포댁이 스승님의 손녀인 손라라에게 연락했지만, 해외여행 중이라고 했다. 일가친척이 있다면 손녀가 연락을 했겠지만, 스승님의 장례식장에 찾아오는 사람은 없었다. 평생을 이런 시골에서 빵만 만들었고, 성격 또한 괴팍했으니 당연한 결과일지도 모른다. 나는 조문석에 앉아 스승님의 영정 사진을 보면서 멍하니 있었다. 머릿속은 과거와 현재를 마구 오갔다.

　　둘째 날 아침이 되자 김포댁이 왔다.

　　"손라라 씨는 언제 온답니까?"

　　제빵소의 이름이 바뀐 것은 손녀의 이름을 딴 것이었다. 그걸

어제야 알았다. 물론 나도 손녀의 이름은 묻지 않았지만 말이다.

"오늘 밤쯤 도착한다고 하네."

"발인 일정 알려줬어요?"

발인이 내일 아침 6시다. 손라라는 오늘 밤 도착하면 밤을 새고 발인을 하는 것이다.

"일정대로 하라는데? 그나저나 빠띠새, 어제부터 아무것도 안 먹었지?"

"뭐, 먹고 싶은 마음도 없어요."

"밥 먹자. 그래야 힘을 내지."

손님이 없을 것으로 예상되어 김포댁 혼자 음식을 준비하기로 했다. 김포댁이 음식 쪽으로 가서 '이 음식들 아까워서 어째'라고 혼잣말했다.

육개장에 밥을 말아 조금 먹었다. 오늘은 문상객이 몇 명 왔는데 모두 김포댁이 아는 사람이었다. 그렇게 시간이 흘렀다.

손라라가 남자친구와 도착한 시간은 밤 10시였다. 그녀는 영정 사진 앞에 엎드려 한참을 울었다. 스승님이 아픈데 해외여행을 하다니 할아버지에 대한 마음이 없는 사람이라고 생각했지만, 그 눈물에서 애틋한 마음이 느껴졌다. 손라라가 마음을 추스르자 김포댁이 나를 소개했다.

"라라야, 이분은 영감님 제자야. 안창석 씨."

라라는 힘없이 고개를 숙였다. 옆의 허우대 멀쩡한 남자친구 이름은 함기호라고 했다.

"안녕하세요."

나는 고개를 끄덕여 인사했다.

"안창석 씨가 그동안 영감님이랑 같이 있었어."

"같이 있다뇨?"

"제빵소에서 같이 살고 있었어."

"네? 모르는 사람을 집에 들였다고요?"

손라라는 퉁퉁 부은 눈으로 나를 바라보았다. 미간 사이에 주름이 지어졌다. 나는 장례식장에서 빌린 검은 양복을 입고 머리와 수염을 정리하지 않은 모습이다. 믿음직한 모습이 아닐지도 모른다. 나는 멋쩍은 기침을 두어 번 했다.

"나 스승님 제자야. 유일하게 수업을 이수한 사람이지."

손라라의 표정이 좋지 않자 김포댁이 끼어들었다.

"라라야. 이분 때문에 영감님이 좋아하셨어. 마지막에 같이 빵도 만들고 말이야."

"할아버지는 거의 움직이지 못하는데 빵을 만든다고요? 여사님께서 보셨어요?"

김포댁이 머뭇거리며 나를 보았다. 이제 나는 거짓말하는 사람까지 됐다.

"난 보지는 못했지만…. 아무튼 이분은 이상한 사람이 아니야."

"됐어요! 일단 상을 치르고 이야기해요."

김포댁이 나를 보며 미간을 찡그렸다. 어쩌냐는 물음이겠지만, 뭘 어쩌겠나. 나는 어깨를 으쓱 올려서 대답했다. 김포댁은 잠시 집에 갔다 온다고 했다. 조문석은 손라라와 그녀의 남자친구가 차지하고 있어 나는 손님맞이 홀로 나왔다. 다행이라면 좌식이어서 방석을 몇 개 연결해 누울 수 있다는 것이었다.

아침이 왔다. 스승님은 일가친척이 없는지 썰렁한 발인을 맞았다. 승화원 화장장에서 스승님이 거센 불길에 들어갔을 때, 손라라는 유리 벽을 붙잡고 목 놓아 울었다. 띄엄띄엄 들리는 말로는 아무래도 남자친구와 해외여행 중이었던 게 마음에 걸리는 것 같았다.

나의 눈에서도 눈물이 났다. 화장장 화로와 제빵소 화덕이 겹쳐 보였다. 반죽을 품은 빵틀이 화덕에 들어가는 것처럼 스승님을 품은 관이 화로로 들어갔다. 스승님은 그렇게 빵이 되신 것이다. 스승님과 어울리는 최후 같아 눈물을 흘리면서도 미소가 지어졌다.

스승님의 유해는 유언에 따라 다시 강화도로 옮겨져 저 멀리 북한이 보이는 납골당에 모셨다. 스승님의 고향은 황해도라고 했다. 그렇게 쓸쓸한 장례식을 마치고 라라제빵소로 돌아왔다.

손라라와 그녀의 남자친구 함기호 그리고 김포댁과 나는 제빵소의 탁자에 둘러앉았다. 불편했지만 우리 사이에는 정리할 일이 남아 있었다. 먼저 김포댁이 포문을 열었다.

"그래, 라라야. 제빵소는 어떡할 거니?"

"어떡하다뇨? 할아버지를 지금 모시고 왔어요."

김포댁의 질문은 제빵소 처분을 말하는 것이다. 그걸 모를 리 없겠지만, 부모 같은 할아버지가 돌아가시자마자 제빵소 처분을 이야기하는 것은 누구라도 걸리는 이야기일 것이다.

"나야 앞으로 어떡할 거냐는 의미였지."

"좀 시간을 두고 생각해봐야죠. 일단 휴가 기간도 남아 있으니 여기서 머물며 생각해볼 거예요."

그때 남자친구가 옆에서 물었다.

"너 설마 벌써 빵 만들려는 거 아니지?"

"왜 안 돼? 내가 언젠가는 회사 관두고 빵 만들겠다고 했잖아."

"그 좋은 회사를 관둔다고? 그리고 회사에서도 빵을 만들 수는 있잖아."

"빵집 운영은 내 꿈이야."

둘의 말을 가만히 들어보니 그들은 국내 제과 회사 연구원이었다. 티격태격하던 둘의 이야기가 어쨌든 마무리되었다. 이제 나의 거취가 문제다. 나는 스승님의 제빵소에 머물고 싶다.

"라라 양, 내가 여기서 머물면 안 될까?"

"제 기억에 아저씨 같은 제자는 없어요. 아니, 할아버지는 제자를 두지 않았어요."

손라라의 나이 27세, 어려서 제빵소에 왔을 테니 당연히 기억이 없을 테고, 스승님은 가족이 올 때면 우리에게 휴가를 주었다.

"저 안방 끝에 걸려 있는 사진이 나야."

"도대체 왜 여기에 머물려는 거예요?"

뭐, 원래는 세상으로부터 도피하려고 여기에 왔다. 그렇게 말할 수는 없다.

"스승님, 그러니까 네 할아버지 제빵소를 지키려는 거지."

"누가 팔아먹는데요? 그리고 제빵소는 지켜도 제가 지켜야 하는 게 아닐까요?"

틀린 말은 아니다. 손라라를 설득할 뭔가가 없을까?

"내가 빵 만드는 거 가르쳐줄까?"

그 말에 손라라가 꿈틀했다.

"아저씨. 정말 할아버지 제자예요?"

그때 김포댁이 끼어들었다.

"라라야. 이 사람 몰라? 제빵 신이야. 제빵 신."

김포댁이 가려운 곳을 긁어 주었다. 손라라와 남자친구 함기호는 요즘 세대답게 바로 스마트폰을 꺼내 검색했다. 함기호가 빠르게 스마트폰을 움직이더니 말했다.

"사기꾼이네."

윽, 맞다. 제빵 신을 검색하면 최근의 안 좋은 기사만 뜰 뿐이었다. 함기호가 기사를 읽어 내려갔다.

"고용노동부는 제빵 신이라 불린 제빵 명장 안창석의 명장증을 취소하기로 했다. 안창석은 강제 노동과 착취로 직원들로부터 고소당하고, 원산지를 속여 부당이익을 취했으며, 자신이 만들지도 않은 빵을 제빵 신의 이름을 걸어 팔아 한 유튜버에게 고발을 당했다."

나는 손을 들어 함기호의 말을 끊었다.

"됐어. 그만 읽어. 그 정도면 충분해."

지금 함기호가 읽은 말들은 모두 사실이다. 하지만 나에게도 변명의 여지가 있다. 그들도 처음에는 제빵 신의 기술을 배우기 위해 나에게 줄을 섰다. 빵 만드는 것을 노동이라고 생각하다니. 나 때는 스승님에게 맞아가며 배웠다. 잠은 5시간만 잤고, 보수는 적었다. 시대가 바뀌었으니 잘못은 인정한다.

원산지를 속인 것은 내 의도가 아니었다. 수석 기능장이 나를 배신한 것이다. 그는 일부러 나를 속이고 수입품을 썼으며, 빵 이름에 제빵 신 타이틀을 걸었다. 모든 문서에는 나의 사인이 있었다. 나는 그때 텔레비전에 나가 얼굴을 알리는 데 혈안이 되어 확인하지 못했다.

후에 알게 된 사실은 모든 배후에 나의 제빵 명장 스승 심명진이 있다는 것을 알았다. 1호 제빵 명장 말이다. 내가 잘나가는 게 그렇게 배가 아팠던가?

"그래도 말이야. 제빵 명장이었던 건 사실이잖아?"

함기호가 헛, 하고 바람 빠지는 소리를 내곤 라라에게 말했다.

"라라야, 이런 사기꾼은 어서 쫓아내."

손라라는 나의 오른손을 보았다. 상처를 본 것이다. 나는 본능적으로 옷을 내려 붉게 솟아오른 상처를 가렸다.

"그럼 만들어보세요."

손라라의 갑작스러운 말에 오른쪽 손목에서 통증이 올라왔다. 갑자기 왜 이러지? 나는 왼손으로 오른손을 주물렀다. 이 손으로는 절대 맛있는 빵을 만들 수 없다.

"빵은 라면 끓이듯 쉽게 만들 수 있는 게 아니야. 좋은 빵이라면 더 그렇지."

"사기꾼들이 항상 그렇게 말하죠."

함기호였다.

"자네는 왜 자꾸 끼어들지?"

"여자친구를 사기꾼으로부터 구하려는 거죠."

"내가 돈을 달라고 했어, 밥을 달라고 했어?"

"그만해!"

손라라가 고개를 흔들며 소리쳤다.

"피곤해요. 이제 쉬고 싶어요."

함기호가 의기양양한 표정을 지었다. 주물러서 반죽을 만들고 싶은 얼굴이었다. 김포댁이 내 옆구리를 찌르며 고개를 흔들었다. 후퇴하자는 표정이다. 나는 방으로 들어가 짐을 쌌다. 새로 산 옷가지가 많아 배낭이 뚱뚱했다.

"라라야. 우리 갈게. 이분은 일단 강화읍에 머물 테니 필요하면 연락해라."

김포댁은 내가 강화읍에 머물 수 있도록 여관을 찾아주었다. 손라라는 서울로 올라갈 테고, 그때 자신이 라라를 설득하겠다고 했다.

"김포댁 아주머니는 왜 저를 돕는 겁니까?"

김포댁은 세상 친절한 미소를 지었다.

"빠띠새의 사연이 안타까워서 그렇지. 제빵 신, 제빵 명장 모두 빼앗기고 옛 스승님을 찾아온 거잖아."

"그렇긴 하죠. 감사합니다."

김포댁이 내 옷가지를 정리한 후 말했다.

"근데 말이야. 영감님이 안 계셔도 제빵소에서 머물면 파출부로 계속 쓸 거지?"

진실은 이거였다.

"저를 돕는 이유가 이거였군요."

김포댁은 손바닥을 마구 흔들었다.

"아니, 아니야."

손을 흔들면서도 행동과 반대의 표정을 짓는다. 김포댁은 눈을 크게 뜨며 눈썹을 올렸다.

"써야죠. 제빵소에 머물면 다시 빵을 만들어볼 거니까요."

3일 후 손라라에게 연락이 왔다. 자신이 서울에 있는 동안 제빵소에 머물라고 했다. 자신은 곧 돌아올 테니 그때 손이 괜찮아지면 할아버지의 빵을 가르쳐달라고 했다.

나는 라라제빵소에 들어오기 전 서울 집으로 갔다. 강화도 시골에서 구할 수 없는 향신료와 재료를 잔뜩 준비해 돌아왔다. 처음에는 도피하듯 왔지만, 이번에는 자가용을 타고 돌아왔다.

고급 차를 본 김포댁의 눈이 휘둥그레졌다.

"제빵 신 빼앗길 때, 망해서 돈 다 날린 거 아니었어?"

뭐, 망한 건 사실이지만, 집도 있고, 차도 있다. 음…. 뭐라고 대답해야 할까?

"빌린 거예요, 빌린 거."

김포댁이 눈을 가늘게 뜨고 바라봤다.

"여기 번호판에 '호' 자 보이죠? 이게 빌렸다는 증거예요."

사업상 렌트한 자동차였다. 내 소유지만 렌트는 맞는 것이다.

"그나저나 짐 좀 날라주세요."

"뭘 짐이 이렇게 많아?"

"다 빵 만드는 데 필요한 거예요."

모든 짐을 옮겼을 때, 김포댁과 나는 샤워한 듯 온몸에 땀을 흘렸다. 아무래도 제빵소에 에어컨도 들여놔야 할 것 같았다.

처음에 만들 빵은 단팥빵이다. 가장 기본인 식빵과 캄파뉴는 됐으니 이제 재료를 넣은 빵을 만들어봐야 한다.

"김포댁, 같이 시장 가서 팥 좀 사주세요."

"팥은 왜?"

"단팥빵 만들려고요. 국산 팥 파는 곳을 안내해주세요."

"여기는 다 국산이야."

자가용을 타고 풍물시장으로 갔다. 평소 15분을 걸어야 하는데 자가용을 타니 5분 만에 도착했다. 김포댁이 함박웃음을 지으며 말했다.

"더운데 안 걸어서 좋네. 진즉에 자가용을 가져올 것이지."

김포댁이 시장 카트를 꺼내 끌며 앞장섰다. 미로 같은 길을 돌자 곡물 파는 곳이 나왔다. 가게 앞에는 붉은 고무대야에 각각의 색채를 빛내는 곡식들이 있었다. 노랗고 작은 조, 녹색 빛을 띠고 동글동글한 것은 녹두, 검은색 길쭉한 알갱이는 흑미다.

"빠띠새. 여기 팥 있네."

드디어 붉고, 가운데 하얀 줄이 있는 팥을 찾았다. 나는 몇 알 손에 올려 살폈다. 윤기가 흐르며 반질반질하다. 하지만 이 팥은 수입산이다. 한 알갱이를 깨물어 보니 가운데 빈 곳이 보인다. 얼굴이 쪼글쪼글한 할머니가 나의 행동을 보더니 말한다.

"그거 국내산 맞아."

할머니의 표정으로 보건대 거짓말을 하는 것 같지는 않았다.

"제가 찾는 것은 이런 팥이 아니에요."

"젊은 사람이 귀신이구먼. 이리 들어와."

펼쳐진 고무대야 사이로 들어가자 하얀 포대에 검붉은 알갱이가 있었다.

"이거야."

나는 손으로 집어 몇 알 올렸다. 국산 팥은 색이 진해서 검은빛이 돈다. 가운데 하얀 선은 더욱 진하고, 무엇보다 속이 꽉 찼다. 한 알갱이 깨물어보니 빈틈이 없었다. 좋은 팥이다.

"이거 맞아요."

"토종 팥이야."

"아까 그거랑 달라요?"

"그건 개량종."

"토종이 이렇게 좋은데 왜 개량하죠?"

"빨리 자라고 알곡이 많이 열리니까."

자본주의 시대, 모든 것이 가격에 의해 결정된다. 아마 개량 팥은 병충해에 더 강하고 빨리 생산될 것이다.

"이 토종 팥 가격은 얼마예요?"

"한 되에 2만 5천 원."

한 되는 거의 2킬로그램이 안 될 것이다. 옆의 김포댁이 나섰다.

"언니, 다른 건 얼마예요?"

"국산은 2만 원, 수입은 1만 5천 원."

"아이, 비싸도 너무 비싸네. 빠띠새, 뭐로 할 거야? 수입으로 해. 뭐 다를 게 있겠어?"

분명히 다르다. 갑자기 옛날 팥에 대해 공부했던 기억이 떠올랐다. 팥에는 특유의 텁텁한 뒷맛이 존재한다. 탄닌과 조탄닌이라는 화합물 때문이다. 식물도 이런 화학물질을 만들어 병충해로부터 방어하는 것이다. 개량 팥과 수입산은 이런 물질이 많이 들어있어서 병충해에 강하고 빨리 자라는 것이다. 단팥빵은 단맛에 좌우되는데 일반 팥을 썼다가는 끝에 텁텁한 맛이 난다. 기술 좋은 사람은 여러 가지 노하우로 이것을 줄이지만, 처음부터 이 토종 팥을 쓰면 더욱 완벽한 단팥빵에 도달할 수 있을 것이다.

지금 앞에 보이는 이 토종 팥은 진짜다. 색이 이렇게 진한 것은 베이커리를 운영할 때도 본 적이 없다. 아마 강화의 어느 농민이 직접 키웠을 가능성이 높다.

"이거 얼마나 있어요?"

"한 말."

한 말이면 열 되, 25만 원이다. 나는 카드를 꺼냈다.

"한 말 가져갈게요."

옆에서 바람 빠지는 소리가 났다. 돌아보자 김포댁이 입을 떡 벌리고 있었다. 나는 팥이 든 포대를 시장 카트에 올렸다. 김포댁은 정신을 차렸는지 재빨리 주인 할머니에게 말했다.

"언니, 깎아달라는 말은 안 할게. 하지만 많이 샀잖아요."

할머니는 안에서 계산해온 영수증과 카드를 나에게 건네며 말했다.

"뭐, 다른 필요한 건 없소?"

내가 없다고 말하기도 전에 김포댁이 끼어들었다.

"서리태가 좋네."

"한 되 줄게."

주인 할머니는 됫박을 가지고 검은콩을 가득 담아서 비닐봉지에 부었다. 김포댁은 검은콩이 든 고무대야에서 한 주먹 더 쥐어 비닐봉지에 넣었다.

"감사해요."

김포댁은 앞으로 뭔가 살 때는 자신이 흥정하겠다고 투덜거렸다. 자신이 처음부터 흥정했으면 20만 원에는 살 수 있다고 했다.

"거, 주인 할머니 고생하시는데 그걸 깎아서 뭐 합니까?"

"나는 고생 안 해?"

"그 주인 할머니는 움직이기도 힘들잖아요."

"나도 도시에 가면 할머니야."

틀린 말은 아니다. 나도 도시에 가면 나이로 대우받는다. 여기니까 젊은이로 불리는 것이다. 아무래도 김포댁의 월급을 조금 올려야 할 것 같다.

"빵 만드는 것 좀 도와주실 수 있으세요?"

"밥하고, 빨래하고, 청소하는데, 이제 빵까지 만들라고?"

흥분해서 말하는 김포댁 얼굴을 어디서 봤는지 생각났다. 고찰의 입구에 있는 사천왕상이다.

"제가 손이 아파서 그래요. 월급을… 한 50 올리면 어떨까요?"

야누스의 얼굴도 아니고, 다른 얼굴이 바로 나온다.

"나도 빵 만드는 것을 본격적으로 배워볼까?"

"할머니라면서요? 제가 힘든 부분만 도와주기나 하세요."

"내가 강화에서는…."

자기 말들이 모순에 빠져드는 게 무안했는지, 말을 멈추고 시장 카트를 빼앗았다.

"알았어. 그건 이리 줘."

휘파람을 불며 앞서나갔다. 나는 천일염과 다시마를 더 사서 제 빵소로 돌아왔다.

반죽은 스승님의 반죽을 사용하면 된다. 단팥빵이라고 빵이 중요하지 않은 것은 아니지만 아무래도 단팥이 맛을 좌우하는 것은 맞다.

"내가 뭐 도와줄까?"

"팥소 만드는 작업이 오래 걸려요. 제가 찬찬히 하겠습니다."

"그럼 난 들어가서 청소할 테니 필요하면 불러."

김포댁이 안채로 들어가자 난 팥이 들어있는 포대를 뜯었다. 검붉은 팥을 손으로 쓸어봤다. 유리구슬이 쓸려 내려가는 것 같은 영롱한 소리가 났다.

"먼저 2킬로그램쯤 해볼까?"

탄닌과 조탄닌이 적은 팥이지만 더 줄일 수 있다. 먼저 흐르는 물에 깨끗이 씻은 후 30분을 끓이고 팥을 찬물에 넣은 후 침지했다. 이렇게 하면 탄닌과 조탄닌이 빠진다.

그동안 다른 주전자에 생강과 대파를 넣고 끓였다. 이것이 팥의 단맛을 증가시킨다. 그리고 침지한 팥을 가마솥에 부었다. 스승님 은 이런 전통적인 방법을 좋아하셨다. 팥을 넣고 생강과 대파 끓인 물을 부었다. 늙은 호박으로 단맛을 내면 더 좋지만, 오늘은 수입 해온 머스코바도 비정제 설탕 덩어리를 넣었다. 은근한 불로 이제 5시간 동안 졸여야 한다. 이 작업이 승패를 가른다.

서울에서 가져온 천연 발효종을 준비했다. 스승님은 감자가루 를 이용했지만, 난 호밀 가루와 감자 가루를 섞었다. 크게 부풀어 달큰한 향이 올라왔다. 이제 반죽을 만들어야 한다. 카스텔라와 달 리 반죽은 글루텐 함량이 높은 강력분을 사용한다.

제빵소에 있는 나무틀에 밀가루를 붓고 여기에 옥수수 가루와 완두콩 가루를 섞는다. 그리고 신안 천일염을 꺼냈다. 미리 다시마 를 넣어 숙성한 소금이다. 따뜻한 물에 숙성 소금을 넣고 녹였다. 이 소금물에 천연 발효종을 넣고 이를 가루에 붓고 손으로 휘휘 저 으며 반죽했다. 적당히 찰기가 오를 때, 발효 버터를 넣었다. 계속 손으로 저어갔다. 반죽이 되며 오른손에서 찌릿찌릿 전기가 생산 되어 올라왔다. 이 정도는 참으며 할 수 있을 것 같았다. 반죽을 발 효통에 옮겨 냉장실에 넣었다. 이제 발효되면서 부풀 것이다.

다시 가마솥 앞으로 왔다. 팥을 찬찬히 저으며 끓였다. 단팥빵 이 단순해 보이지만 정성이 들어가지 않으면 맛있는 단팥빵을 만들 수 없다.

저녁이 되자 김포댁이 집에 갈 채비를 하고 나왔다.

"빠띠새, 아직 팥도 못 만들었어? 도대체 언제 맛볼 수 있는 거야?"

"내일 구울 거예요."

"나 퇴근해."

김포댁이 나가며 잊은 게 있는 것처럼 뒤로 돌았다.

"술 안 마시고 일하니 좋아 보이네."

"실없는 소리 말고 어서 가세요."

김포댁이 가고도 밤늦은 시간까지 단팥 소를 만들었다. 아주 곱게 갈지 않고 적당히 으깨 덩어리가 씹히는 단팥 소를 완성했다. 단팥 소를 그릇에 옮겨 냉장고에 넣고 준비를 마쳤다. 드디어 빵 만드는 밑 준비를 마친 것이다. 힘들었지만, 그날은 아주 편한 잠을 잘 수 있었다.

다음날 김포댁의 확성기 같은 목소리에 눈을 떴다. 특별히 깨우지는 않았지만, 우당탕거리며 음식을 준비하니 안 일어나고 배길 수가 없었다. 머리맡의 스마트폰을 켜보니 8시였다. 김포댁은 가족이 없나? 이제 스승님이 안 계시니 내일부터는 출근 시간을 한 시간 늦춰야겠다.

알 수 없는 노래를 흥얼거리며 음식을 준비하던 김포댁이 말했다.

"오늘은 빵 만드는 거 보는 겨?"

"사적으로 질문 하나 해도 됩니까?"

"아이고 무서워라."

"김포댁 아주머니는 집에 같이 사는 가족이 있나요?"

잠시 눈을 굴리며 생각했다.

"안 돼. 우리는 띠동갑이야."

갑자기 뇌의 안쪽에서 송곳으로 찌르는 느낌이 들었다. 질문을 잘못했다.

"오해하지 마세요."

김포댁은 재미있는지 큰 소리를 내며 웃었다.

"농담이야. 집에 영감 있지."

"영감님 밥도 차리고 하시니 앞으로 출근 시간은 9시로 할까요?"

김포댁이 손을 거세게 흔들었다.

"아이고, 영감은 새벽에 일어나서 걱정 없어. 난 걱정 말어."

"집안일도 하셔야 하잖아요."

"뭐, 여기서도 중간에 가서 하고 그러잖아."

"아니요. 그냥 9시에 출근해주세요."

"아침이 늦어질 텐데?"

"고용인으로서 명령입니다!"

김포댁은 의뭉스러운 표정을 짓고는 어깨를 으쓱 올렸다.

"알았어, 그럼."

나는 제빵소로 나와 반죽과 단팥 소를 점검하고 제빵소 밖으로 나갔다. 아침 8시가 조금 넘었을 뿐인데 햇빛이 강했다. 오늘도 더울 것 같았다.

안으로 들어와 아침밥을 먹고 간단하게 씻고 제빵소로 나왔다. 단팥빵 도전이다. 김포댁이 한쪽 테이블에 앉아 사과를 깎아 먹으며 관객으로 자리를 잡았다.

사과를 보니 설탕 대신 사과를 넣는 방법이 생각났다. 나는 머리를 흔들었다. 자꾸 잡생각이 나면 안 된다. 반죽을 꺼내 넓은 작업대에 올렸다. 밀가루를 뿌리고 반죽을 위에 꺼냈다. 서서히 흐르는 용암처럼 반죽이 천천히 흘렀다. 반죽은 문제없다. 스크레이퍼로 반죽을 나누어 손바닥으로 비벼 둥글게 만들었다. 냉장된 단팥 소도 냉장고에서 꺼내 적당한 크기로 잘라 둥글게 만들었다. 여기까지는 문제없다. 하지만 단팥 소를 반죽에 넣고 오므리는 과정에서는 오른손이 중요하다. 팥이 한쪽으로 치우치지 않고 가운데 있어야 모양이 예쁜 단팥빵이 완성된다.

'오른손아, 잘 움직여다오.'

나는 얇게 편 반죽 위에 팥소를 하나 얹고 오므렸다. 손에서 찌릿찌릿 전기가 느껴졌다. 오른손이 멀쩡하면 물 흐르듯 봉할 텐데, 손가락이 자유자재로 움직이지 않으니 모양이 잘 잡히지 않았다. 둥글게 만든 단팥빵을 손으로 납작하게 눌러 편 후 오븐 틀에

차곡차곡 놓았다. 시험 삼아 만드는 것이니 화덕까지 사용할 필요는 없다.

"이제 만들어진 단팥빵에 계란 물을 발라 겉면을 코팅하면 끝이에요."

계란 물을 코팅한 후 예열된 오븐에 틀을 넣었다. 180도에서 12분간 구우면 된다. 12분은 짧은 시간이었지만, 12시간이나 되는 것처럼 길게 느껴졌다.

띵 소리와 함께 오븐이 꺼졌다. 나는 오븐 장갑을 끼고 단팥빵이 든 틀을 꺼냈다. 모양부터가 실패다. 손이 이러니 팥이 반죽의 정중앙에 오지 않은 것이다.

"오, 맛있겠네."

김포댁이 다가왔다.

"잠시 기다려주세요."

나는 단팥빵을 들어 하나 갈라봤다. 얇은 빵이지만 거미줄 식빵처럼 갈라졌다. 팥도 겉으로 보기에는 괜찮았다.

"하나 먹어봐요."

"그럼 먹어볼까?"

김포댁은 단팥빵을 하나 들어 입에 넣고 깨물었다. 나도 한입 먹어봤다. 반죽은 됐다. 하지만 단팥 소가 문제였다. 스승님 가마솥을 이용해서 그런지 불 조절에 실패한 것이다. 팥이 좋아 텁텁한 맛은 없었지만, 단맛이 나지 않는 것이 문제였다.

"단팥빵이 달지 않네?"

김포댁까지 달지 않다고 하면 대실패다. 나는 나머지 빵을 비닐봉지에 넣었다.

"실패예요. 이건 모두 버릴 겁니다."

"아휴, 아까워. 나 줘. 영감이랑 집에서 먹게."

"그럴 수 없어요. 이건 실패작이에요."

"괜찮다니까."

"아니요! 실패작을 남들이 먹고 이러쿵저러쿵 말하는 것이 싫습니다."

"그게 무슨 귀신 씻나락 까먹는 소리야."

"그만! 안 되는 건 안 돼요. 제 신념이니 그렇게 아세요."

나는 비닐봉지를 제빵소 뒤쪽의 쓰레기통에 던졌다. 모양도 실패, 팥도 실패다. 과연 이 손으로 빵을 계속 만들 수 있을까?

나는 제빵소로 들어왔다. 단팥 소를 다시 만들지 생각하다가 더위에 짜증이 났다. 냉장고를 열자 인삼 막걸리가 보였다. 안채를 향해 크게 소리쳤다.

"김포댁 아주머니, 막걸리나 드실래요?"

"또 취권으로 빵 만들게?"

안채에서 쩌렁쩌렁한 목소리가 들렸다. 김포댁은 은근히 멘트가 살아 있다.

"기다려. 파전이나 하나 해갈게."

잠시 후 그녀는 쟁반에 순무 김치와 파전을 하나 만들어 나왔다. 나는 양은 잔에 막걸리를 두 잔 따랐다.

"건배해요."

"잘났어, 정말."

김포댁과 잔을 부딪친 후 한번에 마셔버렸다. 시원한 막걸리가 목을 타고 넘어가니 더위가 사라지는 것 같았다. 나는 오래된 양은 잔을 봤다. 오랜 세월에 벗겨지고 찌그러져 있었다.

"김포댁 아주머니, 제가 빵에 대한 신념이 있어서 그래요. 아마 스승님이 빵을 만들었어도 저런 빵을 남 주지는 않았을 겁니다."

"누가 뭐라나? 아까우니 그렇지. 그 비싼 팥을 몽땅 버리니 안 아까워?"

"월급은 밀리지 않을 테니 걱정 마세요."

"안주나 잡숴."

김포댁은 손으로 파전을 찢어서 내 입에 밀어 넣었다.

"도대체 얼마나 맛있는 단팥빵을 만들려는 거야?"

"저는 맛있기만 한 단팥빵을 만들려는 게 아니에요."

"그럼 어떤 단팥빵을 만들려는 건데?"

나는 양은 잔을 올려 김포댁에게 보였다.

"이 잔을 보세요. 오랜 세월에 겉이 벗겨지고 바닥이 찌그러져 흔들거리죠. 똑같은 막걸리를 새 양은 잔에 마시면 어떨까요? 역시 막걸리는 이런 오래된 잔으로 마셔야 더 맛있는 법이죠."

"무슨 개똥철학이야."

"저는 우리 무의식 깊은 곳에 있는 단팥빵의 맛을 꺼내려는 겁니다. 그게 스승님의 빵이죠."

김포댁은 자신의 잔에 있는 막걸리를 마시고는 오래된 막걸리 잔을 눈앞에 가져가 이리저리 돌려보았다. 그렇게 몇 잔이 더 이어졌고, 취기에 눈앞이 흔들거렸다.

"손은 왜 그런 거야?"

나는 오른 손목의 상처를 왼손으로 쓸었다.

"궁금하세요? 그럼, 제 사연 들어보시렵니까?"

방송에서 출연 섭외가 이어졌고, 책을 내자는 출판사가 줄을 섰다. 나는 세상이 돌아가는 원리를 본능으로 깨달은 것 같다. 먼저 실력은 기본 바탕이다. 그리고 그것을 포장하고 만들어 내는 능력이 필요하다는 것이다.

스승님의 빵을 만드는 건 고통스럽지만 그만큼 대단했다. 투박하지만 오래된 화덕을 이용하고 천연 발효종과 참나무 틀을 이용하는 방법은 희소성이 있을 것 같았다. 나는 이를 악물고 빵을 배웠다. 스승님의 빵은 찌그러진 양은 잔에 마시는 막걸리 같았다.

나는 자격증을 닥치는 대로 땄다. 그 최고 정점은 대한민국에 10명밖에 존재하지 않는 제빵 명장 타이틀이다. 이것을 받기 위해 제빵 명장 1호 명심당에 들어갔고, 나는 결국 제빵 명장이 되었다.

그다음 강화도 스승님의 빵을 전면에 걸었다.

내세우는 것을 좋아하는 젊은이들의 SNS에는 참나무 장작을 쓰는 화덕 빵이 특이하고 희소성이 있었을 것이다. 내 생각은 적중했고, 유튜버들이 찾아오면서 인기는 급상승했다. 음식 프로그램에서 빵집을 찾아오게 되면서 나의 인기는 올라갔다. 어느 한 텔레비전 프로그램에서는 대한민국 최고의 제빵사라는 의미로 제빵 신이라는 칭호를 썼고, 그게 점차 굳어졌다. 나는 그 칭호가 좋았다. 하지만 수많은 제빵 명장들과 제빵사들의 눈에는 꼴 보기 싫었을 것이다. 겸손을 떤다고 제빵 명장이 별것 아닌 듯 말했고, 다른 제빵사들은 간편한 방법으로 빵을 만든다고 말했다.

먼저 터진 것은 한 고발 유튜버였다. 그 유튜버는 깊은 새벽 재료가 들어오는 것을 찍었다. 나의 베이커리에서는 우리 밀로 만든 건강한 빵이란 타이틀을 걸고 있었다. 밀은 수입산이었다. 그뿐만 아니라 많은 재료를 수입산을 썼다.

한번 악플이 쏟아지자 기다렸다는 듯 폭로가 이어졌다. 연락도 없이 찾아온 위생 점검에서는 다섯 가지 문제점이 발견되었다. 보건증도 없는 직원들, 조리장 청소 불량, 그중 최악은 유통기한이 지난 재료였다.

그날 '제빵 신의 베이커리 위생 점검 빵점'이란 제목으로 9시 뉴스를 장식했다.

다음은 세무 조사가 이어졌다. 세무사는 세금을 줄이기 위해 필요경비를 과도하게 책정했다. 결국 탈세 혐의까지 썼다. 여기까지 오자 직원들도 노동법을 걸고 넘어졌다.

결국 베이커리는 문을 닫고 세금을 추징당했다. 베이커리 빌딩을 구입한 이자 부담까지 커져 결국 빌딩을 처분하였다. 텔레비전 광고와 책 계약 손해 배상금과 이런저런 고소 고발에 대한 합의금과 소송비용을 내니 빌딩을 살 때 들어갔던 수십억의 돈이 제빵신, 제빵 명장 타이틀과 함께 모두 사라지고 없었다.

다행이라면 젊은 시절 쓴 돈이 없어 사둔 여의도의 아파트와 2억 정도의 예금이 남았다는 것이다.

그렇게 모든 것을 잃고 술에 절어 살았다. 술집도 평소 다니던 곳은 갈 수 없었다. 사람들이 알아보고 손가락질했다. 그렇게 주먹질하다가 물어낸 돈도 꽤 되었다. 그렇게 난 나를 알아보지 못하는 어르신들이나 가는 동네의 호프집과 소주방을 다니며 알코올 의존성이 심해지고 있었다. 허름한 가게에서 혼자 마시고 취할 때 1호 제빵 명장인 명심당 심명진 스승이 나타났다.

"스, 스승님?"

"무슨 염치로 그렇게 부르는 것이냐?"

"죄송합니다."

"그러게, 그렇게 나서지 말았어야지. 내가 경고를 보냈지 않았느냐?"

제빵 명장들의 연합으로 편지가 왔었다. 그렇게 텔레비전에 나오면서 제빵 명장 타이틀을 쉽게 말하지 말라는 것이었다. 겸손을 차린다고 제빵 명장이 별것 아니라고 말했기 때문이다.

"그래서 이렇게 모든 것을 잃지 않았습니까?"

"세상은 원인과 결과로 이루어져 있는 법, 이제 빵은 만들 생각도 하지 마라. 다시 빵을 만들었다가는 이대로 끝나지 않을 거야."

"무, 무슨 말씀이세요?"

"후후후, 모르면 됐다. 그렇게 너는 술에 절어서 살면 된다."

스승님은 같이 온 남자와 나갔다. 같이 온 남자가 어디서 많이 본 남자 같았다. 내 빵에서 바퀴벌레가 나왔다고 베이커리에서 떠들어댄 남자를 닮았다.

나의 몰락과 함께 명심당 스승님이 떠올랐다. 텔레비전에서의 내 자리를 차지한 것이다.

프로그램들은 대한민국 제1호 제빵 명장이라는 타이틀로 이미지를 만들어갔다. 석 달 후 새로운 제빵 명장도 탄생했다. 우리 베이커리에 있던 수석 기능장이었다. 이제 모든 것이 그려졌다. CS 베이커리 수석 기능장도 제빵 명장 심명진 스승의 사주로 나를 망치기 위해 첩자로 들어온 것이다. 그는 내가 그랬던 것처럼 술수에 타고 난 남자였던 것이다.

나는 작은 소주방에서 술에 취해 있었다. 텔레비전에 대한민국 제빵 명장 1호가 나왔다.

"오늘은 대한민국 제빵 명장 1호인 심명진 명장께서 나오셨습니다.”

“화덕에 굽나 오븐에 굽나 똑같습니다. 오히려 화덕에 구우면 나무 재가 들어가 위생에 더 안 좋을 가능성이 높죠. 화덕은 오직 눈요기일 뿐입니다.”

나를 욕하는 것이다. 아니 화덕을 이용한 나의 진짜 스승님을 욕하는 것이다. 알코올로 마비된 대뇌에서 분노가 폭발했다.

“저 개새끼.”

나는 소주방의 창문을 주먹으로 쳐서 깼다. 주인 여자가 갑자기 나를 보며 비명을 질렀다. 뭐지? 느낌이 이상해 손을 들어보자, 손목에서 피가 솟구쳐 분수처럼 공중으로 올라갔다. 주먹으로 유리를 깨고 손을 뺄 때 깨진 유리가 깊이 박히며 동맥과 신경을 모두 절단한 것이다.

“아줌마, 어서 119 불러.”

나는 그런 치욕을 받고도 죽고 싶지 않았나 보다. 옷을 벗어 피가 솟구치는 손목을 강하게 감았다. 나는 어지러워 바닥에 누웠다. 술에 취해 어지러운 것인지 피가 다량 빠져서 어지러운 것인지 알 수 없었다. 화덕에 맛있는 빵을 굽는 강화의 스승님이 생각났다.

“난 이대로 죽고 싶지 않아.”

그때 멀리서 구급차 소리가 들렸다.

“그래서 복수하기 위해 스승님을 찾아온 거예요?”

김포댁의 웃음소리와 걸걸한 목소리에 과거의 기억에서 빠져나왔다.

"그렇다기보다 그냥 박신달 스승님이 보고 싶었죠."

"복수하려면 손목 재활치료를 먼저 받아야지."

"복수 안 해요."

"그럼 빵을 왜 만들어?"

"스승님께서 돌아가시기 전에 사람 살리는 빵을 만들라고 했어요. 난 사람 살리는 빵을 만들 거예요."

"그게 어떤 빵인데?"

나도 아직 사람 살리는 빵을 찾지 못했다. 그래서 일단 단팥빵을 만든 것이다.

"몰라요. 일단 옛날처럼 빵을 만드는 거예요."

김포댁은 막걸리를 따라 잔을 들었다. 씨익 웃는 김포댁의 표정은 잘해보라고 말하는 것 같았다.

저녁이 되자 김포댁은 집으로 갔다. 나는 스승님이 말씀하신, 사람을 살리는 빵을 생각하며 술을 더 마셨다.

"빠띠새, 정말 달콤한 단팥빵을 만들었네. 정말 달고 맛있어."

눈을 떴다. 허름한 벽지가 눈에 들어왔다. 방이다. 어제 제빵소에서 막걸리를 더 마시다 들어와 잔 것 같았다. 꿈에서 사람을 살리는 단팥빵을 만든 것 같았다.

김포댁이 내가 만든 단팥빵이 달다며, 환하게 웃으며 말했다.

"일어났어?"

문밖에서 김포댁의 목소리가 들렸다. 어?

"네, 나갈게요."

나는 대충 옷을 걸치고 밖으로 나갔다.

"어제 나 가고 나서 단팥빵 만들었더구만."

김포댁이 남은 단팥빵 조각을 입에 넣으며 말했다. 그럴 리가 없다. 난 막걸리를 더 마시고 들어와 잤다.

"정말 달아. 이번에는 성공했어."

나는 제빵소로 뛰어나갔다. 테이블 위에 울퉁불퉁한 단팥빵이 있었다. 꿈이 아니었다. 난 취해서 단팥빵을 만든 것이다. 빵을 빚는 작업대 위에 백설탕 봉지와 올리고당 병이 올려져 있었다. 나는 즉시 단팥빵을 들어 한 입 깨물었다. 단맛이 확 전해졌다.

술에 취해 조각난 기억이 하나씩 떠올랐다.

'정말 단 단팥빵을 만들어달라고? 그건 쉬워.'

난 누구랑 말했을까? 안채에서 설탕과 올리고당을 가져와 냉장고의 단팥 소에 섞었다. 이 단팥 소를 이용하면 누구든 달다고 하는 단팥빵을 만들 수 있기 때문이었다.

"이런… 아무리 취했다곤 하지만…."

나는 비닐봉지에 단팥빵을 담았다. 따라 나온 김포댁이 물었다.

"왜 담아?"

"실패작입니다."

김포댁의 표정이 일그러졌다.

"달고 맛있다니까."

"달아서 실패작이라고요!"

나는 제빵소를 나와 건물을 돌아 쓰레기통으로 갔다. 비닐봉지를 던져 넣고 몸을 돌릴 찰나, 뭔가 이상한 부자연스러움이 느껴졌다. 나는 다시 쓰레기통으로 갔다.

없었다. 오늘 방금 버린 것 말고, 어제 버린 단팥빵이 없었다. 나는 다시 비닐봉지를 던져넣고 제빵소로 뛰어 들어갔다. 어느새 안채로 들어갔는지 김포댁이 없었다.

"김포댁! 김포댁 아주머니!"

나는 안채로 뛰어 들어가며 소리쳤다.

"왜 그래? 나 귀는 멀쩡해."

"내가 그렇게 말한 뜻을 몰라요?"

"이 사람이 어제 취해서 또 빵을 만들더니 헛소리까지 하나?"

김포댁은 눈썹이 올라가고 입이 벌어졌다.

"제가 실패작 빵을 남이 먹는 걸 바라지 않는다고 했잖아요! 어제 제가 버린 단팥빵 왜 가져갔어요!"

"정신 차려. 꿈에서 이제 나와."

천의 얼굴 김포댁의 표정이 점점 굳어졌다. 어? 아니네. 거짓말을 한다면 눈이 가늘어지며 눈썹이 여덟 팔자로 내려갔을 텐데. 그리고 헤헤 웃으면서 "들켰네"라고 말할 사람이었다.

"어제 쓰레기통에 버린 단팥빵이 없어졌어요."

"고양이가 물어갔겠지."

그럴 가능성도 있겠다 싶었다. 시골에는 들개도 들고양이도 많으니까. 괜히 의심한 것이 미안했다. 하지만 사과의 말은 나오지 않았다.

"오늘의 해장국은 뭔가요?"

"지랄국!"

"맛있겠네요. 씻고 나오겠습니다."

그렇게 나는 샤워를 마치고, 김칫국으로 해장한 후 다시 제빵소로 나왔다. 오늘은 단팥 소를 완성할 것이다.

나는 다시 팥을 흐르는 물에 씻었다. 정성을 다해 천천히 팥에 상처가 날까 부드럽게 씻어냈다. 그리고 솥에 넣고 삶은 후 찬물에 넣고 침지 과정을 거쳤다. 거름망으로 걸러낸 후 가마솥에 부었다.

이제 가마솥에 넣고 찬찬히 저으면서 삶으면 된다. 스승님은 가마솥을 사용했다. 무거운 뚜껑이 높은 압력을 주고 열 전달이 좋아 고루 퍼지기 때문이다. 그것만 믿고 처음부터 젓지 않은 것이 실패의 원인 같았다. 삶는 전용 물을 부었다. 오늘은 생강 우린 물에 사과를 넣었다. 사과의 단맛도 단맛이지만 과일의 산이 상큼함을 더해줄 것이다.

나는 천천히 주걱을 저었다. 날씨가 덥지만, 선풍기도 틀 수 없었다. 선풍기 바람에 불이 움직여 가마솥 바닥에 열이 골고루 퍼지지 못할까 하는 걱정에서였다. 수증기가 증발하면서 단팥 소가 점차 되게 변했다. 땀이 비 오듯 쏟아졌지만, 수건으로 대충 닦은 후 주걱을 저었다. 혹여 바닥에 눌어붙을까 봐 바닥까지 긁으며 저어 주었다.

그렇게 다섯 시간이 지나 단팥 소가 완성되었다. 단팥 소를 스테인리스 통에 넣어 한 김 식혀 입에 넣어보니 은은한 단맛이 전해졌다.

"거의 됐다."

선풍기를 켜고 반죽을 만들기 시작했다. 퇴근하는 김포댁이 나를 물끄러미 바라봤다. 나는 도둑이 제 발 저리듯 변명했다.

"오늘은 술 안 마실 겁니다."

"개가 똥을 끊지."

나는 만들던 반죽을 바닥에 탁 하고 내렸다.

"거참 비유를 해도….."

"또 실패작이라고 가져다버릴 거잖아. 다시 막걸리 마실 거고. 악순환이 반복되겠지."

"내일은 반드시 완성될 거예요."

"내일은 북어포를 가져와야겠어."

이건 오늘 또 내가 술을 마실 거라는, 그래서 내일 아침에 해장용 북엇국을 끓이겠다는 뜻이다. 실패를 예상하는 고급진 멘트다.

"멘트가 날이 갈수록 좋아지네요."

김포댁은 뒤로 돌아 손을 흔들며 제빵소를 빠져나갔다. 반죽이 완성됐다. 나는 반죽을 통에 넣은 후 냉장실에 넣고 일찍 잠자리에 들었다.

아침 일찍 일어나서 제빵소를 나왔다. 오늘은 화덕으로 단팥빵을 구울 것이다. 제빵소 건물 뒤쪽에 쌓인 참나무 장작을 가지러 밖으로 나왔다. 장작더미 옆에 쓰레기통이 보였다. 혹시나 고양이가 또 쓰레기통을 뒤지지 않을까 해서 합판을 뚜껑 삼아 올리고 붉은색 벽돌을 올려놓았었다. 벽돌은 그대로 올려져 있었지만, 쓰레기통이 나를 강하게 부르는 것 같았다.

나는 다가가 올려둔 벽돌을 내리고 쓰레기통을 열었다. 어제 버린 단팥빵이 들어있는 비닐봉지가 없었다. 고양이가 벽돌을 치우고 뚜껑을 열고 빵을 빼서 다시 벽돌을 올리려면 천 년이 흘러야 할 것이다. 김포댁 얼굴이 떠올랐다.

"이런, 김포댁!"

하지만 김포댁의 표정은 거짓말 탐지기나 다름없다. 나는 집 안으로 들어가 자동차 키를 가져왔다. 승용차를 움직여 건물 뒤로 왔다. 쓰레기통이 보이도록 다시 주차했다. 범인은 두 번이나 빵을 가져갔다. 아마 다시 현장에 나타날 것이다.

나는 부비트랩을 완성하고 참나무 장작을 가지고 제빵소로 들어왔다. 화덕의 아래쪽 철문을 열고 불을 지폈다. 열기가 위쪽의 화덕에 전달되어 높은 온도를 낼 수 있는 것이다. 화덕을 사용한 지 오래되었지만, 몸이 기억하는 건지 불이 잘 붙었다.

그때 김포댁이 출근했다. 김포댁은 제빵소 안쪽을 눈으로 살폈다. 분명 술 마신 흔적을 찾는 것이다. 김포댁의 시선은 활활 타고 있는 화로에서 멈췄다.

"아휴, 더워라. 한여름에 그게 무슨 짓이야? 찜질방으로 바꾼 거야?"

"오늘은 아침 대신 제가 만든 단팥빵을 먹어요."

"왜 그래? 무서워."

"테이블에 앉으세요. 30분이면 됩니다."

나는 냉장실에서 반죽과 단팥 소를 꺼내 능숙하게 단팥빵을 빚었다. 동그란 단팥 반죽을 살짝 눌렀다. 교본에서는 호떡처럼 얇게 만들지만, 난 둥그런 단팥빵이 좋다. 화덕을 열고 온도를 조절했다. 180도에서 12분이다. 커다란 주걱에 틀을 올리고 밀어 화덕 깊은 곳에 넣었다. 김포댁이 궁금한 듯 가까이 다가와 구경했다.

"화덕에 하면 뭐 달라?"

"먹어보고 깜짝 놀랄 준비나 하세요."

12분이 지나 다시 화덕을 열고 단팥빵을 꺼냈다. 겉 부분이 진한 갈색으로 잘 구워져 있었다. 나는 달걀 물을 겉 부분에 발라 단팥빵을 완성했다.

"오늘은 그럴듯한데?"

단팥빵을 하나 들어 위에서부터 찢었다. 빵 부분이 거미줄처럼 갈라지더니 덩어리진 팥이 나왔다. 냄새를 맡아보니 참나무 향이 났다. 나는 크게 한 입 깨물었다. 눈을 감고 향을 음미하며 씹었다.

처음에는 빵의 쫄깃한 맛이 전해졌다. 다음은 팥의 은은한 단맛이 피어올랐다. 그리고 마지막으로 과일의 상큼함이 머리를 맑게 했다.

"뭐 하는 겨? 나는 언제 먹을 수 있는 거야?"

이 정도면 완성이다.

"아, 맞다. 하나 드셔보세요."

김포댁은 나를 따라 단팥빵을 반으로 갈랐다. 커다란 입으로 반쪽을 깨물더니 씹었다. 하나를 다 먹은 후 어느새 또 하나를 먹고 있었다. 그리고 입을 열었다.

"달지 않아 잘 들어가네."

김포댁은 세 개째 단팥빵을 들었다. 결국 세 개를 먹은 김포댁은 고개를 끄덕였다.

"깔끔해. 정말 깔끔해."

성공이다. 단팥빵을 세 개나 먹고도 물을 찾지 않는다. 그만큼 빵이 부드럽고 단팥 소가 잘 만들어졌다는 증거다.

나는 비닐봉지를 가져다가 단팥빵 세 개를 넣었다. 부비트랩에 먹이를 넣어야 한다.

"뭐야. 오늘도 실패야?"

"아니요. 빵은 이만하면 성공이에요. 이건 도둑고양이를 잡는 미끼예요. 어제 버린 빵도 누가 가져갔지 뭡니까? 뚜껑을 닫고 돌을 올려놨는데도 말이죠."

난 매서운 눈으로 김포댁을 바라보았다. 김포댁은 불쾌한지 얼굴이 붉게 변했다.

"이놈이, 날 의심하는 거야?"

"저는 김포댁 아주머니 고용주입니다. 말을 좀⋯."

"그럼, 이자가⋯."

표정에서 이미 용의점이 사라졌다.

"제가 설마 김포댁 아주머니를 의심하겠습니까? 그래서 부비트랩을 설치했죠."

"부비부비?"

"아니요. 오늘, 이 빵을 버려두면 앞서 두 번이나 가져간 범인이 또 나타나 가져간다 이겁니다. 그건 자동차 블랙박스에 고스란히 녹화되겠죠."

자신의 의심이 풀렸다고 생각하는지 김포댁의 표정이 밝아졌다.

"빠띠새 머리 좋네."

머리를 너무 써서 이 지경까지 왔지만 말이다. 나는 단팥빵이 든 비닐봉지를 흔들었다.

"그럼 저는 이 트랩을 설치하고 오겠습니다."

단팥빵을 완성한 기념으로 김포댁과 시원한 맥주를 마셨다. 날이 더위 막걸리가 과도하게 발효되어 쉰 맛이 강했기 때문이었다. 매일 인삼 막걸리만 먹다가 시원한 캔 맥주를 마시니 더위가 가시는 것 같았다. 매미가 맴맴 하고 울었다.

"그래도 시골 매미 소리는 정감이 있네요. 맥주를 마시면서 들으니 시원한 느낌도 들고 말이에요."

"시골 매미와 도시 매미는 다른가?"

"그럼요. 도시 매미 소리는 기온을 한 5도 정도 올린다고요."

"막걸리 잔처럼?"

오래된 양은 그릇에 마시는 막걸리가 맛있다고 한 것을 빗댄 표현인 것 같았다. 맞는 비유인지 모르겠지만 나는 고개를 끄덕였다.

그렇게 나와 김포댁이 더위를 보내고 있을 때 제빵소 앞에 택시가 한 대 멈췄다. 창문으로 보니 손라라가 내렸다.

"잉? 라라 왔는데."

원치 않은 손님이다. 또 쫓아낼지 모른다. 택시에서 내린 손라라는 커다란 여행 가방을 끙끙거리며 끌어냈다.

"가방 크기를 보니 눌러 살러 왔나 보네요."

"살살 달래서 서울로 보내야지."

그래, 우리는 같은 편이다. 난 제빵소에서 살고 싶고, 김포댁은 내가 여기서 살아야 월급을 받는다. 김포댁이 일어나 제빵소로 뛰어나갔다.

"라라 왔니?"

김포댁이 가방을 번쩍 들어 제빵소 안으로 들여왔다. 손라라는 제빵소 안으로 들어와 훑어봤다. 화덕에 불씨가 남아 후끈했다. 화덕을 보더니 테이블에 앉아 있는 내게 물었다.

"빵 만들었어요?"

인사나 하고 질문할 것이지. 내가 대답이 없자 김포댁이 호들갑을 떨며 대답했다.

"아주 깔끔한 맛의 단팥빵을 만들었어. 먹어볼 테야?"

손라라는 대답 없이 제빵소를 둘러보았고 그녀의 시선이 돌아 멈춘 곳은 테이블 위의 맥주 캔이었다.

"맥주 더 있어요?"

"있지."

김포댁이 냉장고에서 캔 맥주를 하나 가져왔다. 캔 맥주에 수증기가 금방 응결되어 흘렀다. 손라라는 의자를 하나 빼서 자리에 앉았다.

"더워서 갈증 나네요."

"그래. 우리 모두 한잔하자고."

우리는 동시에 맥주 캔을 들어 마셨다. 나와 김포댁은 조금 마시고는 곁눈질로 손라라를 보았다. 꼴깍거리며 잘도 마셨다.

나는 김포댁과 눈이 마주치자 턱을 살짝 돌려 손라라를 가리켰다. 언제 갈지 물어보라는 뜻이었다. 김포댁은 찰떡같이 알아들었다.

"라라야, 갑자기 어쩐 일이야? 회사는 어떡하고?"

"휴가 냈어요."

나의 눈에 힘이 들어갔다. 휴가라면 꽤 길 것이다. 김포댁이 나의 궁금함을 마저 물었다.

"얼마나 머물 거야?"

"몰라요. 내키는 대로요."

손라라는 안주인 쥐포 조각을 씹더니 다시 맥주 캔을 입으로 가져갔다. 나는 김포댁을 보면서 눈썹에 힘을 주고 이빨을 보였다. 김포댁도 난감한지 입 모양으로 욕을 했다.

손라라는 물티슈를 꺼내 이마에 흐르는 땀을 닦았다.

"여기 시골은 더워. 저 고물 선풍기로 땀을 식히고 있지. 라라넌 여기서 살기 힘들 거야."

초록색 날개의 오래된 선풍기가 덜덜거리며 돌고 있었다.

"근데 김포댁 아주머니는 왜 여기 계세요?"

"어? 나?"

김포댁의 표정이 난감하게 변했다. 역시 표정을 속일 수 없는 사람이다. 내가 나서야 한다.

"내가 도와달라고 부탁했어."

손라라는 별것 아니라는 듯 어깨를 으쓱하더니 다시 물었다.

"만들었다는 단팥빵 좀 먹어볼 수 있을까요?"

나는 일어나 냉장고에 있는 단팥빵 두 개를 꺼내 스테인리스 쟁반에 넣고 잠시 화로에 넣었다 뺐다. 불씨가 있어 화덕에는 잔열이 남아 있었다.

접시 단팥빵을 옮겨 손라라의 앞에 놓았다.

"단팥빵은 보통 납작한데, 둥그렇네요."

"세상 것과 똑같이 만들면 제빵 신이 될 수 없지."

손라라는 단팥빵을 집어 반으로 갈랐다.

"일단 빵은 좋네요. 거미줄처럼 찢어지는 것이 천연 효모를 사용해서 그런가 봐요."

제과 연구소에서 일한다더니 빵을 볼 줄 알았다. 이윽고 빵을 입에 넣어 깨물더니 오물거렸다. 결국 하나를 다 먹고 말했다.

"추억의 맛이네요. 옛날에 먹어본 맛이에요."

아마 스승님이 만들어 준 단팥빵을 먹은 기억이 있을 것이다.

"하지만 이 정도의 맛을 맛있다고 할 수 있을까요?"

"네가 맛있다고 할 만한 빵은 얼마든지 만들 수 있단다."

CS 베이커리에서는 고급 재료를 가지고 젊은이들 입맛에 맞는 빵을 만들었다. 하지만 그런 빵은 많이 먹지 못하고 금방 질리며, 유행이 바뀌기 마련이다.

"그래도 제빵소에 손님이 오려면 맛있어야 하잖아요. 사람들이 맛있어하는 빵을 만드는 것이 일류 파티셰가 원하는 일이 아닐까요?"

여기서 손라라와 빵 철학에 대해 논쟁할 필요는 없다.

"그래서 내가 파멸에 이르렀지."

손라라는 이해한다는 듯 입을 멈추고 단팥빵으로 손을 가져갔다. 그리고는 단팥빵을 잘라 입으로 넣었다. 거봐라. 화려한 겉 모양에 이끌리는 것보다 손이 저절로 가는 빵이 진짜 빵이다.

"난 얼마나 여관에 가 있어야 하지?"

손라라가 여기 머문다면 내가 있을 수 없다. 손라라는 단팥빵을 모두 먹고 입맛을 다셨다.

"아저씨가 할아버지의 빵을 가르쳐주신다고 했죠?"

"원한다면 가르쳐주지. 하지만 가르침을 주는 사람에게 아저씨란 호칭은 어울리지 않잖아?"

"그럼, 뭐라고 부르죠?"

옆에서 김포댁이 입을 열었다.

"빠띠새."

"파티세? 좋아요. 파티세."

김포댁이 즐거운지 손뼉을 쳤다.

"빠띠새는 여기 제빵소에서 자면 되겠네. 읍내에서 캠핑 침대와 모기장만 사면 충분히 잘 수 있을 거야."

제빵소 안은 넓었다. 사용하지 않는 테이블들을 한쪽으로 밀면 충분한 공간이 나올 것이다. 하지만 손라라의 표정은 좋지 않았다. 제빵소와 안채는 구별되긴 하지만 전체로 보면 이어져 있다. 외간 남자와 한 공간에 있는 걸 걱정하는 것이다.

"빠띠새가 제빵소에서 자면 도둑 들 걱정도 없고 좋겠네."

김포댁 말도 틀린 말은 아니다. 안채로 가려면 제빵소를 거쳐 가야 한다. 손라라도 공감하는지 고개를 끄덕였다.

"좋아. 그럼, 우리 맥주를 마시자. 이런 다 미지근해졌네. 다른 것을 가져올게."

김포댁이 냉장고로 가자 손라라가 나를 보며 물었다.

"아주머니가 왜 저렇게 신났는지 아세요?"

"맥주가 좋은가 보지."

김포댁이 새로운 맥주를 가져왔다.

"자, 라라 하나, 빠띠새 하나."

맥주를 받자 손에 차가움이 전해졌다. 손라라는 새로 받은 맥주 캔을 받아 마시고 짐을 풀기 위해 안채로 들어갔고, 나와 김포댁은 풍물시장으로 가서 캠핑 침대와 모기장을 샀다. 손라라 때문에 정신이 없어 단팥빵을 훔쳐 간 도둑고양이 잡는 것을 까맣게 잊고 있었다.

라라는 젊은 사람 같지 않게 부지런했다. 직장 다니는 손라라는 출근 시간에 일어난 것이다. 나도 캠핑 침대가 몸에 맞지 않아 뒤척거리는 중이었다.

"안녕하세요. 빵은 새벽부터 시작하는 줄 알아서요."

은근히 나를 압박하는 말투다. 나는 시계를 보았다. 아침 7시가 넘어가고 있었다.

"안채에서 잠시 씻고 올 테니 우선 제빵 도구나 재료 위치를 파악하고 있어."

내가 씻고 나오자 손라라는 하얀색 제빵사 옷을 입고, 모자를 쓰고 있었다. 뭐, 정식으로 하는 것은 좋다.

"좋아. 라라 양, 할아버지 빵의 핵심은 무엇이라고 생각하지?"

"화덕으로 만드는 전통적인 빵이요?"

"어제도 말했지만, 화려한 빵은 얼마든지 만들 수 있어. 하지만 화려한 음식은 계속 먹을 수 없어. 삼시세끼 탕수육만 먹을 수 없는 것과 마찬가지지."

손라라는 동의한다는 듯 고개를 끄덕였다.

"하지만 밥은 질리지 않아. 스승님께서는 그런 질리지 않는 빵을 만드셨어."

"질리지 않는 빵이라….."

"해보면 알 거야. 반죽은 해봤니?"

"그럼요. 이래 봬도 국내 최대 제과회사에서 일한다고요."

손라라는 자신 있게 말하고 주변을 둘러봤다.

"근데 여기 반죽기는 어디 있어요?"

"라라제빵소에 반죽기는 없어."

"그럼 어떻게 반죽해요?"

"손으로 하지."

"왜 힘들게 그래요? 반죽기를 사면 안 돼요?"

이런 질문이 가능하지도 않았지만, 스승님이었다면 밀가루 묻은 손으로 귀싸대기를 올렸을 것이다. 옛날 스승님이 했던 것처럼 하면 안 되겠지? 뱃속에서 울화가 올라오고 있었다.

"찬물 좀 한잔 마시자."

나는 냉장고를 열어 생수통을 꺼내 물을 마셨다. 창문 밖 초록빛의 나무를 보고 있으니 가슴의 뜨거움이 조금 내려앉았다. 나는 다시 작업대로 돌아왔다.

"라라 양, 진심으로 배울 생각이 있는 거야?"

"당연하죠."

"라라제빵소에서는 모두 수작업으로 할 거야. 장작도 직접 패서 사용하고, 산속에서 깨끗한 물도 길어야 하고, 소나무 가지도 잘라와야 해. 그래야 할아버지 빵을 만들 수 있거든."

나는 매섭게 손라라를 바라보았다. 그녀의 동그란 눈을 째려보며 '포기해라, 포기해라'를 속으로 되뇌었다. 손라라는 맑은 눈으로 내 눈빛을 받았다.

"좋아요. 그런데 질문이 있어요. 반죽기를 사용하면 될 텐데 굳이 손 반죽을 하는 이유가 뭐죠?"

"맛있는 빵을 만들기 위해서야. 일단 손 반죽을 익혀야 해. 손 반죽의 진면모를 깨달으면 그때 가서 반죽기를 사용하면 돼."

손라라는 어깨를 으쓱했다.

"자, 이제부터 가장 기본이 되는 식빵을 만들어볼 거야. 식빵에는 어떤 밀가루를 쓰지?"

"빵은 강력분 아니에요?"

"보통은 그렇지만, 카스텔라 같은 것은 박력분을 써야지. 제빵
사마다 자신만의 빵을 만들기 위해 밀가루를 종류별로 섞어 사
용해."

"할아버지는요?"

"강력분에 옥수수 가루와 완두콩 가루를 섞어 쓰셨어. 오늘은
옆에서 내가 하는 것을 잘 봐."

나는 참나무통에 밀가루와 옥수수 가루, 완두콩 가루를 부었다.
그리고 손으로 휘저어 가루를 섞으며 말했다.

"스승님은 8 대 1.5 대 0.5로 하셨지만, 난 옥수수를 조금 줄였
지. 자, 이리 와서 봐."

단지에서 다시마와 섞어 발효 중인 천일염을 보여 주었다.

"다시마를 넣는 이유가 있어요?"

"다시마의 어떤 성분들이 반죽에 추가되겠지. 스승님은 수많은
시행착오를 거치면서 가장 좋은 상태를 개발하신 거야. 소금은 발
효 속도를 조절하고 잡균을 없애 주거든."

나는 일본 해수염을 썼다. 모두 보여주기식 허세였다. 비싼 수
입 가격은 모두 손님에게 전가했다. 사람들은 그래도 열광했기 때
문이다.

"천일염은 우리나라 것이 전 세계에서 손꼽히니 다른 것은 쓸

생각도 하지 말고."

손라라에게 하는 말이라기보다 내 스스로 하는 말이었다.

30도로 맞춘 물에 발효 소금을 넣고, 냉장고에서 천연 발효종을 가져와 넣었다.

"이건 스승님이 기르는 발효종이니 죽이지 말고 계속 잘 살려야 해. 스승님께서는 천연 발효종을 넣으셨지만, 나는 세미이스트를 조금 더 넣지. 속도를 높이기 위해서야. 풍미도 좋고 발효 속도도 높이고."

물을 밀가루 반죽 사이에 붓고, 손을 30도 물에 넣었다.

"손 온도를 맞추는 거야. 스승님은 항상 기본을 지키셨어."

손을 빼서 가루를 천천히 섞었다. 걸쭉한 밀가루가 계속 섞이면서 점점 되졌다. 나는 반죽을 둘로 나누어 한쪽에 세미이스트를 넣었다. 제자에게 차이를 보여주고 싶었다.

"이쪽은 천연 발효종만 넣은 할아버지의 반죽이고, 이건 내가 발효 속도를 높이기 위해 세미이스트를 섞은 거야."

손라라는 스마트폰을 꺼내 사진도 찍고, 기록도 하며 배웠다.

"반죽 한번 만져볼래?"

손라라는 스마트폰을 놓고 라텍스 장갑을 꼈다. 그리고 반죽을 반으로 접었다. 반죽은 흐르는 용암처럼 합쳐져 다시 얇아졌다. 계속 접으며 반죽을 두들겼다.

"부드럽네요."

"항상 그 느낌을 기억해야 해. 반죽기를 쓰더라도 이 느낌이 손에 익기 전에는 반죽기를 사용하지 않는 게 좋아. 그리고 밀가루 반죽만이라도 장갑을 벗고 해."

"위생을 위해 장갑 사용은 당연한 건데요?"

"손의 감각이 있어야지. 손톱은 항상 짧게 정리하고, 손을 깨끗이 씻으면 돼."

손라라가 라텍스 장갑을 벗어 쓰레기통에 넣었다.

나는 반죽을 커다란 발효통에 나누어 넣고 발효를 위해 냉장실에 넣었다.

"스승님은 천연 발효종만으로 천천히 발효시켰어. 그래야 풍미가 좋은 빵이 되는 거야. 나는 세미이스트를 넣어 보완했지만, 이스트를 많이 넣어 서둘러 발효할수록 시큼한 냄새가 진해져."

"효모의 호흡 때문이에요."

"아무튼 자기의 발효 시간과 온도를 잘 찾아야 해. 스승님은 30도에서 6~7시간을 발효하셨어."

그때 김포댁이 제빵소로 들어왔다.

"빵 만들고 있었구먼. 스승과 제자가 아주 보기 좋아."

"김포댁 아주머니, 오늘은 또 왜 오셨어요?"

"빠띠새 밥 차리러 왔지. 라라 너도 먹어야지?"

"저는 원래 아침은 안 먹어요."

나는 기침을 하고, 김포댁에게 안으로 들어가라고 눈짓했다.

"그럼, 난 들어가서 준비할게. 둘이 잘 해보슈."

김포댁이 들어가는 것을 본 손라라가 나를 보았다.

"반죽이 발효되려면 멀었으니 저도 들어갈게요."

"할아버지 빵을 배우려면 그 정신으로는 할 수 없어."

"네?"

"여기 정리는 누가 하지? 난 선생님이고 넌 학생이다."

내가 말했지만, 어디선가 들어본 느낌이다. 손라라는 힘없이 어깨를 축 늘어뜨리고 다가왔다.

"나무 반죽 통은 관리를 잘해야 돼. 플라스틱 칼로 긁어 깨끗하게 만들어. 그리고 물기를 뺀 행주로 닦고, 다음에는 마른행주로 닦아. 위생에 항상 신경 써야 해."

손라라는 플라스틱 칼을 가지고 반죽 통에 붙은 밀가루 조각을 긁어내기 시작했다. 처음에는 진지하게 하는 것 같더니 가루가 묻지도 않은 곳을 계속 긁고 있었다.

"라라 양, 장난이라면 그만둬. 난 진지하니까 말이야."

"저도 진심이라고요!"

손라라는 갑자기 소리쳤고, 커다란 눈에서 눈물이 뚝뚝 흘러내렸다. 이윽고 테이블로 가더니 엎드려 서럽게 울기 시작했다. 잠시 후 안채에서 김포댁이 뛰어나왔다.

"뭐야? 빠띠새. 라라 때렸어?"

"큰일 날 소리 하지 마세요."

김포댁이 '왜?' 하고 입 모양으로 물었다. 난 두 손과 어깨를 과도하게 올리고 고개를 세차게 흔들어 내가 아니라는 것을 강력하게 어필했다. 그러고는 엎드려 울고 있는 손라라를 가리키며 얼른 가 보라고 눈짓했다.

김포댁은 라라에게 다가가 어깨를 감싸 안았다.

"라라야, 왜 울어? 무슨 일 있는 거야?"

손라라는 김포댁에게 안겨 한참을 울더니 입을 열었다.

"아주머니, 저 어떡해요?"

김포댁은 손으로 손라라의 등을 살살 문질렀다.

"괜찮아, 괜찮아. 그래 무슨 일이야?"

"남자친구랑 헤어졌어요."

나는 보았다. 김포댁의 가라앉았던 눈썹이 순식간에 솟구쳐 올라가는 것을 말이다. 겨우 그런 거 가지고 우냐는 뜻이겠지. 일단 안도의 한숨을 내쉬고 김포댁에게 두 손을 내리는 제스처를 했다. 진정하라는 뜻이었다.

"뒷정리는 내가 할 테니 들어가서 쉬어."

손라라는 고개를 빼꼼 내밀어 나를 보더니 인사하고는 안채로 들어갔다. 김포댁은 손을 머리 위로 올리며 때리는 시늉을 했다.

"으이구, 빵집 주인만 아니면…."

"그냥 두세요. 젊은 나이에는 사랑이 전부니까요. 헤어졌다는 것은 세상을 잃은 기분일 거라고요."

112

"결혼도 안 한 사람이 잘도 아네."

"갑자기 왜 말이 그렇게 됩니까?"

"아무튼 밥 거의 다 됐으니, 빠띠새도 들어와."

뒷정리를 하고 들어가자 안방 문이 닫혀 있었다. 나는 부엌으로 가서 식탁 의자를 빼고 앉았다. 김포댁이 차려준 식사를 하고 다시 제빵소로 나왔다. 반죽을 만든 지 한 시간쯤 지난 것 같았다.

나는 오른손을 보았다. 손이 도와줄지는 모르겠지만 제빵 신의 빵을 한번 만들어야 할 것 같았다.

먼저 앙버터 샌드위치. 단팥은 어제 만들어둔 것을 쓰면 된다. 나는 반죽을 떼어내 길게 늘였다. 반죽에 칼로 상처를 내고 상처 부위에 버터를 올렸다. 고소함이 일품인 외국산 버터다. 반죽을 오븐에 넣고 200도에서 10분간 구웠다. 상대적으로 소프트한 바게트다. 바게트를 반으로 갈라 단팥 소를 넣었다. 그리고 필살의 무기 앙버터. 풀만 먹여 키운 젖소의 젖을 이용하여 직접 만든 버터다. 풀만 먹여 키운 젖소가 뭐가 다르냐고? 안타깝게도 우리나라 소는 사료를 먹는다. 사료만 먹인 젖소의 젖에는 오메가6 지방산이 많고, 풀만 먹인 젖소의 젖에는 오메가3 지방산이 많다. 오메가3는 약으로도 먹는 좋은 지방산이다. 처음에는 몸에 좋은 앙버터 바게트를 만들려고 했는데, 역시 화려함과 젊은이들의 입맛을 잡기 위한 빵이 되어 버렸다.

다음은 마카롱. 생각보다 간단하다. 가운데 마카롱 필링이라 불리는 크림과 양쪽에 싸는 마카롱 꼬끄를 만들면 된다. 나는 꼬끄의 단맛을 위해 설탕과 스테비아 가루를 섞어 넣었다. 스테비아는 설탕보다 수백 배는 달다. 그리고 마카롱 필링은 나만의 오메가3 버터와 풍물시장에서 구입한 꿀을 주력으로 사용했다. 나는 마카롱 필링을 두껍게 하는 뚱뚱한 마카롱을 만든다. 짤주머니에 필링을 넣고 먼저 만든 꼬끄에 필링을 짜고 있을 때, 김포댁이 제빵소로 나왔다. 그녀는 마카롱을 보면서 말했다.

"이게 뭐야? 빨간색, 노란색, 초록색 과자. 산도처럼 생겼네."

"이건 마카롱이라고 하는 디저트입니다."

"막카론?"

"젊은 사람들이 좋아하죠."

"나도 하나 먹어봐도 될까?"

"먹어봐요."

김포댁은 마카롱을 하나 들고 베어 물었다. 그리고 껌을 씹는 것처럼 질겅질겅 씹었다.

"오메, 설탕을 얼마나 퍼부은 거야."

당연한 평가다. 김포댁은 나머지 반쪽을 입 속에 넣고 앙버터 바게트 쪽으로 갔다.

"설마 이건 버터야?"

"네, 앙버터 바게트입니다."

"버터를 녹이는 거야?"

"아니요. 그냥 먹는 거예요. 요즘 유행하는 음식이죠."

"버터를 통째로 먹다니, 느끼할 텐데?"

"바로 그 맛입니다. 하지만 제 특제 버터는 몸에 좋죠."

김포댁은 사각 버터가 통째로 들어있는 바게트는 못 먹겠는지 고개를 흔들었다.

"단팥빵 맛있던데, 그거나 만들지 왜 이런 빵을 만들었어?"

"이건 젊은이들이 좋아하는 음식이에요. 특히 스트레스받은 사람들이 많이 찾죠."

"빠띠새 말로는 라라 때문에 만들었다 이거야?"

"그렇죠."

"라라도 이런 느끼하고 단 음식은 싫어할 텐데."

"후후후, 내기할까요?"

"무슨 내기?"

"막걸리 내기. 안주 포함."

"좋아."

김포댁이 한잠 자고 일어난 손라라를 데리고 제빵소로 나왔다. 한쪽 테이블에는 세 가지 색의 뚱뚱한 마카롱과 앙버터 바게트를 보기 좋게 올려두었다.

"라라야, 빠띠새가 너 먹으라고 막카롱 만들었대. 먹어봐."

손라라는 주방을 정리하는 나를 한 번 보고 자리에 앉았다. 그리고 마카롱과 앙버터 바게트를 가만히 보더니 잠시 후 스마트폰을 꺼내 사진을 찍었다. 벌써 내기에서 이겼다는 생각이 들었다. 사진을 찍는다는 것은 이미 마음에 들었다는 이야기다.

후후후, 그렇단 말이지. 그럼 더 서비스해주지. 나는 핸드드립 세트를 꺼냈다. 원두가 오래되기는 했지만 괜찮을 거다.

손라라는 마카롱을 집어 입에 넣고 깨물었다. 라라의 눈동자가 커졌다. 나를 돌아보는 것이 정말 이것을 당신이 만들었냐고, 묻는 것 같았다.

나는 모른 척 커피를 그라인더에 넣고 갈았다. 냄새를 맡아보니 최고로 신선하지는 않지만, 진한 커피 향이 올라왔다. 잘 갈아진 커피 가루를 여과지에 넣고, 물을 부었다. 온도는 85도. 잠시 뜸을 들인 후 물을 살살 돌려가며 커피를 내렸다.

손라라는 마카롱을 두 개 먹고, 앙버터 바게트를 먹고 있었다. 나는 내려진 커피를 가져가 손라라에게 주고 자리에 앉았다. 김포 댁이 라라에게 물었다.

"맛있어? 안 느끼해?"

손라라는 새침한 표정으로 앙버터 바게트를 먹었다. 김포댁이 기대하는 눈빛으로 그녀를 바라보았다.

"이거, 어디서 사오셨어요?"

김포댁의 질문에 동문서답하는 것 같았지만 이건 극찬이다.

"빠띠새가 만들었다니까?"

손라라가 나를 보며 물었다.

"정말이에요? 이걸 직접 만들었어요?"

"재료가 부족해 더 화려하고 맛있는 빵을 만들 수는 없었지."

손라라는 반쯤 먹은 앙버터 바게트를 보며 고개를 좌우로 흔들었다. 그리고 혼잣말처럼 조용히 말했다.

"이렇게 고급스러운 빵을 만들 수 있으면서…."

왜 식빵과 단팥빵을 만드냐는 말이겠지.

"화려한 것으로는 사람의 마음을 잡을 수 없어."

옆에서 김포댁이 안달 난 표정으로 물었다.

"라라야. 맛이 있다는 거야, 없다는 거야?"

손라라는 잠시 뜸 들이더니 수줍은 듯 고개를 끄떡였다.

"드셔보세요."

"나도 먹어봤지. 막카론은 너무 달고, 이건 느끼할 것 같고."

"아니요. 맛있어요."

그녀는 나머지 앙버터 바게트를 입으로 가져갔다. 그리고 옆에 있는 커피잔을 들어 커피를 후루룩 마시고 조용히 말했다.

"커피도 맛있어요."

"나도 먹어볼게."

김포댁이 손라라의 커피잔을 받아 한 모금 마시더니 인상을 찌푸렸다.

"이렇게 새카맣고 쓴 커피가 뭐가 맛있다고. 설탕, 크림 제대로 넣은 커피가 최고야."

손라라는 김포댁의 말에 미소를 지었다.

"김포댁 아주머니는 아까는 너무 달아서 싫다더니, 이제는 달지 않아서 싫다고요?"

"내 입맛에는 별로라고!"

김포댁이 고개를 세차게 흔들며 말하자 그 모습이 재밌는지 손라라가 하하하, 소리를 내며 웃었다. 아무튼 손라라의 스트레스는 풀어준 것 같다. 스승님은 제빵 신의 빵이 아닌 사람을 살리는 빵을 만들라고 하셨는데… 혹시 이것이 사람을 살리는 것일까?

뭔가 가슴이 조금 뜨거워졌다. 나는 내 마음을 들킬까, 자리에서 일어났다. 그리고 몸을 돌려 김포댁을 바라보았다.

"막걸리나 사러 시장에 가야겠다. 김포댁 아주머니, 같이 시장에 갈 이유가 있죠?"

"제기랄."

"도토리묵 팔던데 도토리묵 무침할 줄 아시죠?"

김포댁의 콧등에 주름이 졌다.

"라라, 넌 먹고 싶은 거 있니?"

"치킨이요."

"윽!"

김포댁의 주름이 더욱 깊어졌다. 그런 그녀의 얼굴이 나를 돌아보더니 순한 양처럼 눈썹이 내려갔다. 순식간의 변신이었다.

"빠띠새. 이번 달 가불 안 될까?"

"월급날은 아직 5일이나 남았는데요?"

"김포댁 아주머니는 파티셰에게 월급 받으면서 일하는 거였어요?"

손라라가 커피를 테이블에 내려놓으며 말했다.

"그럼 난 땅 파먹고 사냐?"

"좋아요. 가불해드리죠."

스마트폰을 꺼내 월급을 입금했다. 치킨과 도토리묵, 막걸릿값으로 5만 원을 더 넣었다.

"고마워, 빠띠새. 어서 가자고. 나 도토리묵 잘해."

김포댁과 나가려고 하는데 손라라가 엉거주춤 일어섰다.

"저, 저는 뭐 하고 있어요?"

나는 손라라에게 말했다.

"주방 정리하고 반죽이나 점검하고 있어."

"네, 알겠습니다."

손라라는 다시 앉아 마카롱을 유심히 살폈다.

"어째 라라가 고분고분해진 것 같네."

김포댁이 나의 귀에 작게 속삭였다. 마카롱과 앙버터 바게트를 본 손라라가 나를 조금은 인정한 것이겠지.

"어서 가요."

김포댁과 밖으로 나왔다. 평소 세워두는 곳에 차가 없어 도난을 당했나 순간 깜짝 놀랐다. 자동차는 단팥빵을 훔쳐먹는 도둑고양이를 잡기 위해 뒤쪽에 주차해놓고 있었다.

"앗! 맞다. 라라가 와서 블랙박스를 체크하지 못했어."

나는 얼른 자동차에 올라탔다. 블랙박스를 눌러 모션 녹화된 화면을 찾았다.

"여기에 쓰레기통에서 빵을 가져간 도둑이 찍혔다고?"

"어디 동영상을 봅시다."

모션 녹화가 몇 개 있었다. 정말 고양이가 지나가는 장면도 있었다. 세 번째 영상에서 드디어 사람이 녹화되어 있었다. 해 질 무렵 나타난 것은 까까머리 어린 소년이었다. 김포댁이 눈을 찡그리면서 화면을 보았다.

"어? 신 씨 아들인가?"

추억의 크림빵

김포댁이 손가락으로 연신 가리키는 도로를 따라갔다. 제빵소에서 읍내를 가로질러 나오는 또 다른 시골 도로로 접어들었다. 김포댁이 쌩뚱맞게 서 있는 편의점을 가리켰다.

"저기, 편의점 뒤쪽 신성빌라 101호야. 거기에 신 씨와 아들 둘이 살아. 편의점 지나서 나오는 길로 들어가."

나는 편의점을 낀 도로로 들어섰다. 도로 한쪽은 한창 벼가 자라는 논이 있었다. 몇몇 집을 지나쳐 신성빌라 입구로 갔다. 두 동짜리 빌라의 두 면도 논으로 둘러싸여 있었다. 나는 빌라 앞 놀이터 옆에 주차했다. 놀이 기구들은 녹이 슬었고, 바닥에는 풀이 듬성듬성 올라와 있었다. 김포댁이 이 근처를 잘 아는 것 같았다.

"김포댁 아주머니는 이 근처 사세요?"

"저쪽 집이야."

듬성듬성 집이 몇 군데 있었지만, 정확히 어디를 가리키는지는 모르겠다. 어디면 어떤가?

"빵을 가져간 아이 이름은 뭐예요?"

"신 씨 아들로 통해. 아까 오면서 본 강화도 초등학교에 다녀."

"참, 정이 없네요. 같은 동네 살면서 이름도 모르고."

"무슨 소리? 여긴 시골이야. 시골은 시골의 법도가 있다고."

"그런데 빵을 가져간 아이는 왜 쓰레기통을 뒤져서 빵을 가져갔을까요?"

김포댁은 내 물음에 무슨 생각을 하는지 혀를 쯧쯧 찼다.

"신 씨가 일을 못 나가고 있어."

"아버지가 일을 못 나간다고 밥을 굶어요?"

"그건 나도 몰라. 아들내미가 쓰레기통에 있는 빵을 가져갔다니 하는 소리야."

"아버지는 원래 무슨 일을 합니까?"

"트럭 일을 했어."

김포댁이 빌라 입구에 세워져 있는 파란색 1톤 트럭을 손가락으로 가리켰다.

"저 트럭이 신 씨 트럭이야. 전엔 이런저런 일을 했던 것 같은데, 한 1년 됐나? 다리가 부러져 일을 못 하다가 점점 안 하고 있어. 매일 이거만 마셔."

김포댁은 손가락으로 투명 소주잔을 잡은 것처럼 술 마시는 흉내를 냈다.

"참 책임감 없는 아버지네요."

"그렇지? 하지만 빠띠새가 할 말은 아니지만."

술만 마시는 나를 비난하는 것이리라.

"거 참."

나는 오른손의 상처를 손바닥으로 만졌다. 지난날 술로 몸을 망치며 오른손을 버렸다. 나는 그때를 회상하며 주먹을 쥐었다. 어라? 주먹을 쥐고 펼 때 신경에서 전기가 흐르듯 통증이 있었는데, 뻣뻣하긴 하지만 전기가 만들어지지는 않았다. 점차 나아지고 있다는 걸까?

"저기 신 씨가 나오네."

나는 상념에서 빠져나와 시계를 보았다. 정오가 지나서 오후 1시쯤 지나고 있었다. 떡진 머리를 한 남자가 트레이닝복 차림으로 빌라의 입구에서 걸어 나왔다. 신 씨는 왼쪽 다리를 약간 절었지만, 크게 문제는 없는 것 같았다. 그가 자동차 옆을 지나며 안쪽을 보았다.

"앗! 숨어."

김포댁은 괜히 엉덩이를 내려 숨으려 했지만, 이 자동차는 선팅이 짙어 밖에서는 안쪽이 보이지 않는다.

"왜 숨어요? 뭐 죄지었어요?"

신 씨는 안쪽이 보이지 않자 터덜터덜 걸어 나갔다.

"근데 신 씨 이름이 뭐예요?"

"그냥 신 씨로 통해."

"참나, 아주머니가 김포댁으로 통하는 것처럼요?"

"그렇지."

"김포댁 아주머니는 가만히 계세요. 제가 따라갔다 올게요."

"조심해."

지금 상황에 조심하라는 말은 어울리지 않지만, 걱정하는 김포댁의 눈빛에 고개를 끄덕였다. 신 씨는 도로 입구 편의점으로 들어 갔다. 나도 편의점으로 따라 들어갔다. 나는 처음 보는 사람이니 걱정할 필요가 없다.

"어서 오세요."

점원은 나와 나이가 비슷해 보이는 남자였다. 그는 나를 보고 다시 신 씨를 눈으로 쫓았다. 나는 일회용 식품 앞에서 삼각김밥을 만지작거리며 곁눈질로 신 씨를 보았다. 신 씨는 소주 3병을 꺼내 계산대 앞에 두고, 또 삼각김밥 두 개와 컵라면 두 개를 가져와 소주병 옆에 올렸다. 점원이 인상을 찌푸렸다.

"아들 밥 굶기는 거 아니야?"

신 씨는 주머니에서 카드를 하나 소주병 옆에 내려놓고 손가락으로 삼각김밥을 톡톡 쳤다.

"그래서 이렇게 샀잖아요."

"이러다 큰일 나. 잡혀간다고."

"한두 번 했어요? 어서 계산해주세요."

"이제 일은 안 할 거야?"

"다리가 아직 안 나았어요."

"내가 보기엔 멀쩡한데…."

"아직 신경을 찌른단 말이에요."

"그런 사람이 술을 마셔? 우리 어렸을 적부터 같은 동네 살았어. 모두 널 위한 거니, 어서 털어버리고 일해."

점원은 나의 눈치를 보며 말했다. 나는 삼각김밥 두 개와 컵라면을 하나 집어 계산대로 갔다. 점원은 나를 보더니 얼른 카드를 집어 신 씨의 물건을 계산했다.

나는 신 씨 카드를 곁눈질로 보았다. 강화군이라고 쓰여 있고, 선녀, 고인돌, 원시인 등의 캐릭터가 그려져 있었다. 무슨 카드인지 알 수 없었다. 점원은 비닐봉지를 신 씨에게 건넸고, 신 씨는 소주와 삼각김밥, 컵라면을 봉투에 넣었다. 그대로 돌아서려고 할 때 점원이 신 씨에게 말했다.

"카드 가져가야지."

신 씨가 리더기에 꽂혀 있는 카드를 뽑아 주머니에 가져갈 때, 카드 뒷면이 보였다. 앞면과 마찬가지로 강화군이라고 쓰여 있었고, 옆에 '푸르미 코리아'라고 작게 쓰인 게 보였다.

나는 삼각김밥과 컵라면을 계산하고 밖으로 나왔다. 신 씨가 저만치 절룩거리며 걷고 있었다. 그는 다시 자동차 안을 보려는 듯 안을 보고 자신의 빌라로 들어가 버렸다. 얼른 자동차로 들어왔다.

"아휴, 저 인간 왜 이렇게 차를 보는 거야? 안 들켰을까?"

나는 대답도 하지 않고 스마트폰으로 '푸르미 코리아'를 검색했다. 추가로 검색할 필요도 없었다. 아동 급식카드 전문업체라고 나왔다. 이 단어 하나만으로 모든 상황이 머리에 그려졌다. 나도 모르게 운전대를 주먹으로 치면서 욕을 했다.

"저런 개새끼…."

"감짝이야. 왜 욕을 하고 그래?"

"신 씨 말이에요. 정말 나쁜 놈이네요."

"원래는 성실한 사람이었어."

"성실한 사람이 아들 급식카드로 소주를 사요?"

"무슨 소린지 알아듣게 설명해 봐."

나는 스마트폰으로 '아동 급식카드'라고 검색했다. 아동 급식카드는 저소득층 아이들이 밥을 굶지 않도록 학기 중에는 한 끼, 방학 중에는 두 끼를 해결할 수 있는 금액을 지급하는 것이다. 인천의 경우 한 끼에 8천 원을 지급하고 있다.

서울에 있을 때는 요즘 시대에 결식아동이 있다는 것을 믿지 못했는데, 시골에 오니 몸소 체감할 수 있었다.

"지금 애들은 방학이죠?"

"8월이니 그렇겠지?"

"지금 신 씨가 일을 안 하니 소득이 없을 겁니다. 아이에게 밥 굶지 말라고 급식카드를 줬는데, 그걸로 소주를 샀어요."

"급식카드라면서 소주를 살 수 있어?"

편의점 점주는 신 씨를 아는 눈치였다. 다른 물건을 찍었을 것이다. 그리고 둘의 대화는 분명 범죄를 저지르는 내용이었다.

"확실해요. 컵라면이랑 삼각김밥을 먹었어도 아이들에게는 부족합니다. 그래서 빵을 가져간 거예요."

"저런, 그럼 어떡하지?"

"신고해야죠. 이건 아동 학대라고요. 분명히 술에 취하면 아들을 때리기도 할 겁니다."

김포댁은 손을 흔들었다.

"아니야. 신 씨는 절대 때릴 사람이 아니야. 아들을 얼마나 아낀다고."

"살인자는 절대 살인할 것처럼 생기지 않았고, 사기 치는 사람은 절대 사기 칠 사람처럼 생기지 않았죠."

"제기랄, 영철이는 그런 사람 아니라니까!"

"이름을 말해도 소용없어요. 영철 씨 아들을 구해야 해요."

김포댁은 신 씨를 알고 있다. 동네 사람이기 때문이다. 시골에서 동네란, 도시에서의 가족과 마찬가지다. 편의점 주인도 신 씨를 어려서부터 알기에 급식카드로 소주 사는 것을 도운 것이다.

김포댁의 얼굴이 찡그려졌다. 눈썹 양쪽이 위아래로 따로 움직였다.

"빠띠새, 지금 쓰레기통에서 빵 가져간 사람을 찾는 거 아니었어? 신 씨 아들이 빵을 가져갔고, 그것만 얘기하면 되는 거야."

"논점을 흐리지 말아요."

"영철이가 한 마흔다섯쯤 됐을까? 10년 전에 결혼해서 애 낳고 키우다가, 3년 전쯤 애 엄마 암으로 보내고 홀로 열심히 키웠어. 그런데 엎친 데 덮친 격으로 다리까지 저리됐으니 세상 살고 싶지 않지 않겠어?"

"그럴수록 더 열심히 살아야죠."

"창석 씨는 열심히 살았나?"

김포댁은 말을 마치고 눈을 내려 내 손목의 상처를 바라보았다. 너도 매일 술 처먹고 살지 않았냐는 물음이다. 갑자기 손목에서 전기가 찌릿하고 만들어졌다.

"저건 범죄예요. 국가에서 아동 급식을 위해 준 돈이라고요."

"창석 씨도 세금 포탈하고, 수입산을 중국산이라 속이고, 직원들에게 갑질까지 했다면서?"

"그건…."

손목이 시큰거렸다. 과거로 다시 돌아가면 안 된다.

그런데 김포댁이 이렇게 말을 잘했나?

"그래서 어떻게 했으면 좋겠어요? 이대로 놔둘 수는 없잖아요."

"빠띠새는 과거에서 완전히 벗어났어?"

나는 손목을 움직이면서 주먹을 쥐었다 폈다 했다. 과거를 생각하면 통증이 생겼다.

"재활했어요. 그런데 김포댁 때문에 다시 안 좋아졌네요."

"거 신기하네. 아팠다 안 아팠다. 일부러 그러는 것도 아니고."

"장난하지 마시고요. 진짜라고요."

"신 씨의 발목도 그렇지 않을까? 애 엄마의 죽음에 대한 생각이 발목을 아프게 하는 게 아니냔 말이야. 빠띠새가 재활한 것처럼 신 씨도 재활할 수 있을 거야."

"김포댁은 어디서 말하는 기술 배워요?"

"내가 신 씨를 만나 이야기하고 제빵소로 데리고 갈게. 거기서 신 씨를 판단해봐. 아들에게 맛있는 빵도 만들어주고 말이야."

졌다. 더 이상 할 말이 생각나지 않는다. 그냥 배고픈 신 씨 아들에게 맛있는 빵이나 만들어줘야겠다는 생각이 들었다.

"막걸리 그냥 넘어갈 생각 마세요."

"나 쪼잔한 사람 아니야."

김포댁은 차에서 내려 빌라로 들어갔다. 얼마나 걸릴지 모르지만 제빵소에 가기로 했으니, 차를 돌려 라라제빵소로 돌아왔다.

둘이 나가 혼자 돌아오자 손라라가 의아한 듯 물었다.

"파티셰님, 왜 혼자 오세요? 김포댁 아주머니는요?"

뭐라고 설명할 말이 떠오르지 않아 그냥 머뭇거렸다.

"반죽은 잘 발효됐나?"

"글쎄요."

아침에 만들어 7시간쯤 되었으니 잘 발효되었을 것이다.

"그럼, 식빵이나 만들어볼까?"

"네."

"먼저 솔을 이용해서 손을 깨끗이 씻어."

나는 개수대에서 비누와 솔을 이용하여 손톱 사이사이를 깨끗하게 씻어냈다. 내가 씻고나자 손라라도 별말 없이 나를 따라서 손을 씻었다.

"오늘은 오븐을 이용해서 만들 거야. 먼저 반죽 사용이 손이 익으면 그때 화력 사용하는 법을 알려줄 거야. 식빵은 만들어봤니?"

"아니요. 저는 연구원이라서요. 주로 과자나 새로운 빵을 개발했어요. 처음부터 가르쳐주세요."

"아침에 만든 반죽을 가져와라."

손라라는 냉장실에서 발효되고 있는 반죽 통을 가져왔고, 나는 식빵 틀을 두 개 가져왔다. 반죽 통 뚜껑을 열자 밀가루 반죽이 붙어 거미줄처럼 늘어났다. 어찌 보면 징그러운 모양이었다. 손라라의 코끝에 주름이 졌다.

"이렇게 징그러운 모양이 만들어져야 발효가 잘된 거야. 냄새 맡아 봐."

손라라는 반죽 가까이 코를 가져가 냄새를 맡았다.

"신선한 냄새가 나요."

"바로 그거야. 천연 발효종이 이산화탄소뿐만 아니라 각종 발효 산물을 만들어 고소하고 풍미가 높은 빵을 만들어주지."

나는 스크레이퍼로 반죽을 조금 떼어내 둥글게 만들었다.

"식빵은 네가 만들면서 모양을 바꾸면 된다. 스승님은 반죽을 세 개로 나누었고 나도 그렇게 하고 있지."

손라라도 반죽을 떼어 내가 하는 것을 보면서 둥글게 만들었다.

"먼저 공굴리기할 때 자른 면을 바닥으로 해서 오므려야 해. 이 제 손바닥으로 문질러 길게 만들고, 이것을 말아서 원통 모양을 만 들어. 이것을 식빵 틀에 넣는 거야."

"제 것 어때요?"

한 치의 오차도 없이 매끈한 모양으로 만들었다. 제과 연구소에 서 만드는 습관 때문에 그럴 것이다. 그러면 규격이 맞는 제품만 생산될 뿐이다.

"음…. 일단 잘했어. 하지만 뭐랄까? 화덕에 어울리지 않다고 할까? 화덕 빵에는 자연스러움과 거친 그 어떤 것이 필요한 거야."

손라라는 이해하지 못했는지 고개를 기울였다. 내가 말했어도 이해하기 어려운 것 같다.

"그건 차차 배우자고. 자, 이제 오븐에 넣고 180도에서 25분이 야. 빵이 부풀어 위쪽으로 많이 올라오면 색이 진해질 수 있으니 그때는 알루미늄 포일을 덮어 색 조절을 하면 돼."

손라라는 오븐 장갑을 끼고 식빵 틀을 예열된 오븐에 넣었다. 그러고는 오븐 앞에 서서 오븐 속을 바라보고 있었다.

날씨가 덥다. 목이 타서 냉장고에서 캔 맥주 하나를 꺼내와 테이블에 앉았다. 캔 맥주를 따자 칙, 공기 빠지는 소리와 함께 알루미늄 캔 마찰 소리가 울렸다. 손라라는 나를 돌아보았다. 작업 중에 술을 마셔도 되냐는 눈빛이었다. 나는 캔을 들어 건배하는 시늉을 했다. 그녀는 고개를 살짝 흔들더니 다시 오븐 속을 보았다.

"술맛 떨어지게…."

손라라는 오븐 앞에 꼼짝하지 않고 서 있었다. 저렇게까지 볼 일은 아니지만, 빵에 대한 집념을 보는 것 같았다.

그렇게 25분이 지나고 식빵이 만들어졌다.

"파티셰님, 다 됐어요."

"오븐 장갑 끼고 꺼내."

나는 일어나서 작업대로 갔다. 손라라는 조심스레 식빵이 든 틀을 꺼내왔다. 볼록볼록 식빵에서 김이 올라왔다. 그녀는 식빵 가까이 코를 가져가더니 냄새를 맡고는 표정이 밝아졌다.

"정말 향기가 좋아요."

"얼른 틀을 바닥에 쳐서 식빵을 빼내."

손라라는 틀을 바닥에 몇 번 치고 뒤집어 식빵을 빼냈다. 나도 코를 가져가 냄새를 맡았다. 신선한 식빵의 냄새다. 여기에 참나무 장작과 솔잎의 은은한 향까지 더해지면 나도 모르게 깊이 기억에

박힐 것이다.

"식빵이 뜨거울 때 얼른 틀에서 빼지 않으면 크러스트가 가라앉는 케이빙이 일어날 수 있어. 안쪽 크럼의 수증기 때문이지."

"크러스트 케이빙이 뭐예요?"

"크러스트는 딱딱한 빵의 겉면이야. 케이빙은 빵의 옆면이 안으로 푹 들어가 모양이 망가지는 거지. 크럼은 빵의 속살인데 빵을 굽고 나면 크럼 속에 수증기가 있어. 틀에서 얼른 빼지 않으면 그 수증기가 크러스트를 적시고 모양을 망가트리는 거지."

손라라는 고개를 끄덕이고 입 모양으로 케이빙, 크러스트, 크럼 등을 되뇌며 머릿속에 지식을 넣었다.

"자, 이제 손으로 찢어봐."

양손으로 잡고 식빵을 찢었다. 종잇장처럼 얇게 찢어졌다. 손라라는 신기한 듯 식빵을 찢고 또 찢었다.

"어떠냐?"

"빵이 어떻게 이렇게 찢어지죠? 신기해요."

"이제 먹어봐."

그녀는 찢은 빵을 입에 넣었다. 순간 눈이 번쩍 뜨이듯 커졌다.

"음…. 빵에서 따스함이 전해져요."

"어때? 식빵만으로도 제빵소를 차려도 되겠지?"

손라라는 고개를 끄덕이고 식빵을 계속 찢어 입에 넣었다.

"캄파뉴, 바게트, 식빵. 제대로 만들면 이 셋만으로도 제빵소 운영은 충분해. 물론 스승님의 화덕을 사용해서 완성해야겠지만."

"음…. 맞아요."

라라는 입안 가득 빵을 씹고 있었다.

"빠띠새, 우리 왔어."

그때 김포댁과 신 씨 그리고 신 씨 아들이 제빵소로 들어왔다. 덥수룩한 머리가 내려와 눈을 가릴 정도다. 신 씨는 머리를 한 번 숙이고는 머리카락 사이의 눈으로 내 눈치를 보았다.

"김포댁 아주머니, 그분은 누구세요?"

김포댁이 뾰족한 턱으로 나를 가리켰다.

"빠띠새한테 물어봐."

손라라가 나를 돌아보았다. 나는 테이블을 가리키며 말했다.

"일단 모두 앉읍시다. 라라 양은 아이한테 방금 만든 식빵 좀 주고."

신 씨와 아들이 나란히 앉고 나와 김포댁이 마주 보고 앉았다. 침묵이 이어졌다. 뭐라고 말해야 할지 모르겠다. 그때 손라라가 식빵을 썰어 가져온 접시를 테이블에 올렸다. 그러고는 옆에서 의자를 하나 가져와 앉았다.

"뭐예요? 파티셰?"

"그러니까 이 아이가 내가 버린 빵을 가져갔어."

나는 아이를 보며 다그치듯 말했다.

"그 빵은 실패작이었어. 여름이라 빵이 금방 상해. 그렇게 빵을 가져가서 먹으면 안 돼! 배탈이 날 수도 있었다고."

"애가 뭐 알고 그랬겠어요?"

손라라가 팔꿈치로 내 팔을 쳤다.

"이름은 뭐니?"

"신진우요. 죄송해요. 빵이 맛있어서 계속 가져갔어요. 실패작
인데도 맛있어요."

빵이 맛있다고 하니 무안해졌다. 얼굴이 화끈 달아올랐을지도
모르겠다. 내 얼굴을 보았는지 김포댁이 거들었다.

"진우야, 이분은 제빵 신이야. 텔레비전에서 봤지?"

진우는 그제야 생각이 난 것처럼 눈을 커다랗게 떴다. 강화에
온 후 수염을 길러 알아보지 못했을 것이다.

"텔레비전에서 봤어요. 제빵 명장 중에서도 최고잖아요. 어쩐지
빵이 맛있더라."

나는 민망해서 기침을 했다. 괜히 어깨에 힘이 들어갔다.

"으흠흠, 이제 과거는 잊었어요. 더는 말하지 맙시다."

김포댁이 옆에서 나를 빤히 쳐다봤다.

"과거로 가고 싶은 거 아니야? 왜 입술을 씰룩거려?"

"거참! 애 앞에서…. 진우야. 이 식빵 먹어봐라. 그것도 아저씨
가 만든 거다."

진우는 식빵을 집어 입으로 가져갔다. 오물오물 씹었다. 나는
신 씨를 돌아보고 말했다.

"신 씨도 드셔보세요."

"그래 영철아, 먹어봐. 제빵 신의 식빵이야."

옆에서 김포댁이 거들었다. 신 씨가 식빵을 손으로 가져가 먹었다. 배가 고팠는지 허겁지겁 씹었다.

"라라 양, 물이 필요할 것 같은데."

"알겠어요."

손라라가 물컵에 물을 두 잔 가져왔고, 그들은 물을 마셨다.

그때였다. 신 씨가 식빵을 입에 한가득 물고 씩씩 소리를 냈다. 처음에는 뭐하나 했는데, 울먹이고 있었다. 잠시 후 어깨가 들썩거리며 눈물을 뚝뚝 흘렸다.

"왜 그래? 영철아. 왜 그래?"

"흑흑, 어렸을 때 아버지랑 먹던 빵이 생각나서요. 아버지랑 크림빵을 맛있게 먹었어요. 먼저 간 아내도 그 크림빵을 좋아했어요. 흑흑."

아빠가 울자, 옆에 있던 진우도 입술 끝이 내려가더니 곧이어 울음을 터뜨렸다.

"아앙~ 아빠 울지 마."

"미안하다. 진우야. 이 못난 아빠가 미안해."

부자는 서로 부둥켜안고 한참을 울었다. 아동 학대를 의심한 게 미안할 정도였다. 손라라는 영문도 모르고 '왜 그래요?'라고 입 모양으로 물었다.

"라라 양, 슈크림빵 배워볼래?"

"갑자기 슈크림빵이요?"

"옛날 슈크림빵."

"파티셰님…. 아니에요."

"배울 거야? 안 배울 거야?"

"근데 저기 아저씨는 크림빵이라고 했잖아요. 슈크림이 아니라요."

"신 씨 나이 때 아버지와 빵을 먹었다고 했어. 여기 강화도 시골이라면 절대 크림빵은 아니지."

손라라는 못 믿겠다는 표정을 지었고, 나는 돌아서서 신 씨에게 물었다.

"옛날에 아버지랑 먹던 크림빵의 크림색이 노란색이었죠?"

신 씨는 고개를 끄덕였다.

"거 봐. 반죽은 있으니 슈크림을 만들자. 냉장고에서 달걀 다섯 개 꺼내. 푸른색 청란이 있을 거야. 볼에 노른자만 넣고 섞어."

"네."

손라라가 노른자를 골라 섞을 때 나는 천연 설탕 덩어리 무스코바도를 절구에 넣고 빻아 가루를 만들었다. 김포댁이 옆에 와서 물었다.

"빠띠새, 내가 뭐 도와줄 거 없어?"

"가만히 있는 게 돕는 거죠."

"이 양반이!"

갈매기 같은 눈썹이 순식간에 올라간다. 김포댁이 화내는 모습이 점점 재밌어지니 큰일이다.

"농담입니다. 김포댁 아주머니는 농담도 몰라요?"

옆에서 달걀노른자를 젓던 손라라가 썰렁하다는 표정을 지었다. 나는 김포댁을 보면서 말했다.

"아침의 약속을 이행해야죠?"

"아침의 약속?"

"네."

김포댁의 눈썹이 아하 하고 말하는 것 같았다.

"그런데…."

입술을 오므려 신 씨를 가리켰다. 신 씨도 같이 마시냐는 말이다. 나도 입술을 오므려 신 씨를 가리켰다.

"아, 날씨 더운데 차로 쌩하고 갔다 오면 좋으련만."

"저는 신 씨가 먹을 빵을 만드는 중이잖아요."

"알았어. 라라야, 치킨 사올게."

"다녀오세요."

손라라가 섞은 노른자에 가루를 만든 설탕과 바닐라 익스트랙을 넣었다.

"어서 저어. 달걀부터 설탕, 그리고 최고급 바닐라 익스트랙을 넣었으니 엄청 부드러운 슈크림이 만들어질 거야."

손라라는 군말 없이 거품기로 저었다. 어느 정도 섞이자 옥수수 가루를 넣었다.

"밀가루를 넣는 사람들도 있는데 난 옥수수 가루를 넣는단다. 그래야 더 고소하거든. 뭐해, 어서 안 젓고?"

"파티셰! 뭔가 부려먹는 느낌이 드는데요?"

나는 옷깃을 들어 손목의 상처를 보여줬다.

"오늘따라 손목이 더 시큰시큰하네."

손라라는 다시 거품기를 들고 섰다. 그런데 내 손목의 사연을 그녀에게 말했던가? 나는 우유를 데워 온도를 잰 후 볼에 부었다.

"우유의 온도는 72도야."

"알겠습니다! 제빵 신님! 그런데 자동 거품기 좀 사면 안 돼요?"

더운 여름이라 그녀의 이마와 콧등에 땀이 송골송골 맺혀 있었다.

"차라리 에어컨을 달지. 손에 모든 것이 익을 때까지는 안 돼."

손라라는 땀을 수건에 닦고 다시 저었다. 슈크림이 걸쭉해지며 달콤한 향기가 퍼졌다. 나는 반죽을 꺼내 얇게 폈다. 슈크림빵은 빵보다 슈크림이 많이 들어가야 제맛이다.

"슈크림을 넣는 빵은 많은 변주가 가능해. 쿠키처럼 만들어도 되고, 단팥 소를 한층 아래 깔아도 맛있지."

"저는 아저씨 단팥빵이 더 맛있었어요."

내 말을 듣고 있었는지 진우가 말했다. 가만 있자, 지난번에 만들었던 단팥 소가 있었나? 나는 냉장고를 열어 남은 단팥 소를 가져왔다.

얇은 반죽에 손라라가 만든 슈크림을 숟가락으로 퍼서 올렸다. 그리고 만두 빚는 것처럼 조심스레 싸서 둥글게 만들었다.

"라라 양도 해봐. 슈크림이 부드러워서 몇 번 연습해야 할 거야."

어느새 진우가 주방 앞까지 다가와 빵 만드는 것을 구경했다.

"진우야, 네가 말한 단팥을 넣은 슈크림을 만들어줄게."

얇은 반죽 아래 단팥 소를 한층 깔고 그 위에 슈크림을 얹었다. 그리고 조심스레 반죽을 덮어 둥글게 만들었다. 이 단팥 슈크림빵은 잘랐을 때, 슈크림과 단팥이 섞이면 안 된다. 오른손 손가락을 미세하게 움직이며 빵을 만들었다. 웬일로 미세한 작업을 하는데 손목이 아프지 않았다.

"자, 예쁘지?"

"네, 맛도 있겠죠?"

"당연하지. 라라 양, 이제 오븐에 넣자."

손라라가 예열된 오븐에 반죽이 올려진 팬을 넣었다.

"몇 도 몇 분이에요?"

"180도에서 15분 정도."

그녀는 오븐을 작동시킨 후 앞에서 지키고 서 있었다. 나는 진우와 같이 신 씨가 있는 테이블로 왔다.

"가, 감사합니다."

신 씨가 고개를 꾸벅 숙이며 인사했다.

"딱 한 마디만 합시다. 이제 급식카드는 건들지 마세요."

"저도 계기를 찾고 있었습니다. 김포댁 아주머니께 아주 혼이 났습니다."

김포댁이라면 그럴 만하다. 표정에서 마음을 숨길 수 없는 김포댁은 도깨비 같은 얼굴을 하고 신 씨를 혼냈을 것이다.

"얼굴이 볼 만했겠네요."

"네?"

"아니에요."

그때 땀을 뻘뻘 흘리며 김포댁이 시장 카트를 끌고 제빵소로 들어왔다. 상상하던 그 도깨비 얼굴이었다.

"아이씨, 더워 죽겠네! 나 더워서 아무것도 못 해!"

나는 웃음이 터져 나올까봐 입을 틀어막고 테이블에 엎드렸다. 김포댁은 사온 음식들을 테이블에 탁 하고 올려놨다.

"빠띠새, 왜 고개를 숙이고 있어? 울어?"

내가 웃느라 어깨가 들썩이는 것을 보고 우는 줄 안 것이다. 이대로 김포댁의 얼굴을 보면 웃음이 터질 것이다.

"라라 양, 빵 잘 구워지고 있나?"

나는 벌떡 일어나며, 오븐 앞에 있는 손라라 옆으로 갔다.

"이제 겨우 10분 지났잖아요."

"그렇지. 빵의 겉면이 타는지 잘 보라구."

"잘 보고 있어요."

뒤에서 김포댁이 자리를 털고 일어섰다.

"내기는 내기니 도토리묵 만들어올게."

5분 뒤, 오븐에서 띵 소리가 나며 슈크림빵이 완성되었다. 손라라가 오븐 장갑을 끼고 동그랗게 부푼 슈크림빵을 꺼냄과 동시에 안채에서 김포댁이 쟁반을 들고나왔다. 테이블에 음식이 차려졌고, 모두 기쁜 얼굴로 둘러앉았다. 김포댁이 막걸리를 따르려는 것을 내가 손을 잡았다.

"잠깐만요. 먼저 신영철 씨가 슈크림빵을 먹어보도록 하죠."

김포댁은 고개를 끄덕이고 막걸리 병을 놓았다. 신 씨는 내가 건네는 슈크림빵을 받아 입으로 크게 물었다. 노란 슈크림이 입술에 묻었다. 신 씨의 눈시울이 다시 빨갛게 변했다.

"진우도 먹어도 될까요?"

"그럼요. 잠시만요."

나는 빵칼을 들어 단팥 슈크림빵을 반으로 잘랐다. 타원의 빵두께는 일정했고, 아래쪽에 단팥 소가 한층 쌓여 있고, 위에 노란 슈크림이 가득 차 있었다.

"라라 양, 어때?"

"인정하지 않을 수 없네요."

나는 반쪽은 손라라에게, 반쪽은 진우에게 건넸다.

"맛을 봐봐."

진우가 받자마자 입에 단팥 슈크림빵을 입에 넣었다.

"우와 달아~. 너무 맛있어요. 역시 아저씨는 제빵 신이에요."

진우의 어깨에 신 씨가 팔을 둘렀다.

"저도 너무 맛있습니다. 아버지와 먹었던 기억이 새록새록 솟아나요. 아들과 이런 추억을 만들어주셔서 정말 감사드립니다."

이런, 심장이 왜 자꾸 울렁거리는지 모르겠다. 이것이 스승님이 말하는 사람을 살리는 빵일까? 아마 그럴 것이다. 빵으로 추억을 찾아주고, 아픔을 치료하는 빵 말이다.

"김포댁 아주머니, 뭐해요? 이제 막걸리 따주세요."

"표정이 아주 자신만만하네."

김포댁이 막걸리를 따서 양은 잔에 네 잔 따랐다.

"라라도 막걸리 먹지?"

손라라는 고개를 끄덕였다.

"진우는 콜라 먹어."

다섯 명은 각자의 잔을 들고 건배했다. 나는 건배사를 외쳤다.

"우리는 할 수 있다. 다시 시작을 위하여!"

나는 막걸리를 한 잔 가득 시원하게 들이켰다. 막걸리가 내려가자 가슴 떨림을 조금 눌러주었다. 젓가락을 들어 도토리묵을 한 입먹었다.

"이 도토리묵이야말로 최고네요."

"쳇, 빈말은."

"빈말이라뇨? 라라 양 먹어봐. 정말 맛있어."

손라라도 도토리묵을 먹고 활짝 웃었다.

"김포댁 아주머니, 진짜 맛있어요."

나는 막걸리 병을 들고 내 잔에 가득 따라 다시 마셨다. 기분이 좋았다.

"진우야. 치킨 먹어라. 아이들이 가장 좋아하는 게 치킨이잖아."

진우는 내가 만든 단팥 슈크림빵을 들어 흔들었다.

"전 치킨보다 아저씨 빵이 더 맛있어요."

얼굴에 다시 열이 확 올랐다. 옆에서 김포댁이 막걸리 병을 들어 내 잔을 채웠다.

"빠띠새 좋겠네."

나는 대답 없이 술을 마셨다. 석 잔 가득 마시니 술기운이 오르기 시작했다. 나는 막걸리 병을 들어 신 씨에게 내밀었다. 신 씨의 잔은 아직도 반 이상이 남아 있었다.

"마셔."

신 씨는 내 얼굴을 한 번 보고 김포댁을 바라봤다.

"빠띠새가 오늘 칭찬 받으니 기분이 좋나 보네. 영철이 너도 마셔라."

신 씨는 나머지 술을 마셨다. 나는 다시 신 씨의 잔에 가득 막걸리를 따랐다.

"자, 김포댁 아주머니도 드세요."

나는 김포댁과 나의 잔에 막걸리를 가득 따르고 신 씨에게 물었다.

"내가 올해 마흔일곱인데, 김포댁 아주머니에게 들으니 나보다 아래라고?"

"마흔다섯입니다."

"좋아. 내가 위니 말 놓아도 되겠지?"

"그렇게 하십시오."

"그럼, 건배하지. 저와 띠동갑이신 김포댁 아주머니도 드세요."

김포댁은 입술을 삐죽거리며 잔을 부딪쳤다. 나는 가득 찬 막걸리를 한 번에 마셔 버렸다. 진우에게 술 마시는 모습을 보이는 것도 그래서 지갑에서 2만 원을 꺼내 내밀었다.

"진우야. 아저씨가 아이스크림 먹고 싶은데 읍내 가서 사다주지 않을래?"

진우는 아빠를 보았다. 신 씨는 고개를 끄덕였다. 진우가 돈을 받았다. 읍내까지 갔다 오면 30분은 걸릴 것이다.

"천천히 그리고 조심히 갔다 와."

진우가 나가자 나는 신 씨에게 물었다.

"김포댁 아주머니한테 듣기로는 1톤 트럭으로 화물 운반 일을 한다던데. 주로 어떤 일을 했지?"

"1톤이니 800킬로그램 이상 일이 들어오는 대로 했죠. 하지만 다리가 말을 안 들어 무거운 물건을 나르지 못해서 이러고 있습니다."

나는 옷을 걷어 내 손목의 상처를 보여주었다.

"이 상처가 뭐 같아?"

신 씨는 상처를 보고 눈이 커다랗게 변했다. 자살을 생각했을 것이다. 옆자리 손라라도 평소 상처가 궁금했는지 내 눈을 바라보았다.

"상처의 원인은 중요하지 않아. 아무튼 난 손목 신경까지 절단되어 빵을 만들 때 항상 통증이 있어. 하지만 스승님의 호통에 빵을 만들어보니 손이 움직이더라고."

"무슨 말씀인지?"

"내일 신안에 가서 천일염 좀 사다줄 수 있겠어? 스승님의 빵은 반드시 신안 천일염을 써야 하거든. 값은 정확히 치를게."

옆에서 김포댁이 손뼉을 쳤다.

"그래, 소금은 무게가 많이 나가지 않으니 영철이 너도 옮길 수 있을 거야. 일단 일을 시작하면 다리가 차차 나아질 거야."

"왜 저를 도와주시는 거예요?"

"스승님께서 사람을 살리는 빵을 만들라고 하셨거든."

동문서답 같은 대답이었지만 김포댁도 손라라도 고개를 끄덕였다. 나는 신 씨를 살리는 것이 아니라 진우를 살리는 거였다. 나는 스마트폰을 꺼냈다.

"돈은 선금으로 줄 테니 계좌번호 불러봐."

신 씨의 덥수룩한 머리 사이의 눈이 붉게 물들었다. 덩치는 산만 해서 눈물이 많았다. 옆에서 김포댁이 거들었다.

"영철아, 빠띠새 마음 바뀌기 전에 어서 계좌번호 불러."

"제가 뭐라고 불러야 할까요?"

"두 살 차이니 형님이라고 불러."

"감사합니다, 형님. 정말 열심히 일해보겠습니다. 형님처럼 다시 일어나겠습니다."

"여기 라라 양이 제빵소 차리면 전국에서 재료를 수급해와야 할 거야. 강원도에서 참나무 장작도 받아오고, 남해에서 다시마도 사오고 말이야. 그때 라라제빵소의 일을 가장 먼저 해줘야 해."

"고맙습니다, 형님."

손라라는 나를 가만히 바라보았다. 눈빛에 많은 의문이 있는 것 같았다.

"파티셰님. 저는 아직 제빵소를 운영할 준비가 되지 않았어요."

"그럼 내가 쉬엄쉬엄하면 안 될까?"

"할아버지의 빵을 만들 건가요?"

"아니, 난 사람을 살리는 빵을 만들 거야."

손라라는 감동한 표정이었다. 하지만 그것도 잠시, 곧 표정이 변하고 있었다. 아마 제빵소를 운영하고 싶은 마음도 있지만 싸운 남자친구와 자기의 직업을 버리기도 쉽지 않을 것이다. 김포댁이 잔을 들었다.

"빠띠새가 여럿 살리네. 우리 빠띠새를, 아니 제빵 신을 위하여 잔을 들자."

"자꾸 그러지 마세요. 전 제빵 신을 잊었어요."

"그런데 입은 왜 웃고 있는 거야?"

"김포댁 아주머니 얼굴이 너무 웃겨서요."

"내 얼굴이 뭐가 웃겨? 나 젊었을 때, 김포 칠선녀로 통했어."

"푸하하하."

내가 웃음을 터뜨리자, 손라라도 신 씨도 손으로 입을 가리고 웃었다.

"이놈이!"

나는 재빨리 잔을 들었다.

"자, 칠선녀를 위해 한잔하죠."

그렇게 건배하고 한 잔씩 마셨을 때, 제빵소 문이 열렸다. 진우가 아이스크림을 사왔나 돌아봤을 때, 반갑지 않은 손님이 들어왔다. 아니 나에게만 반갑지 않았을까?

손님을 본 손라라가 자리에서 벌떡 일어났다.

"오빠."

그녀의 남자친구 함기호였다.

겉바속촉 옛날 고로케

손라라와 함기호는 안채로 들어갔다. 협상이 평화롭지는 않은지 가끔 큰 목소리가 제빵소까지 들렸다. 신 씨는 진우와 집으로 돌아가고 제빵소에도 어둠이 깔리고 있었다.

"뭘 그렇게 봐요?"

나는 막걸리 한 잔을 비우고 안채를 기웃거리는 김포댁에게 말했다.

"빠띠새는 걱정도 안 돼? 둘이 싸우잖아."

"설마 여기 우리가 있는데 죽이기라도 하겠어요?"

"말하는 거 하고는⋯."

김포댁이 자리에 앉아 자신의 잔에 막걸리를 따랐다. 한 모금 마시고 거칠게 말했다.

"난 저놈이 마음에 들지 않아."

함기호를 가리키는 것이리라.

"왜요?"

"날 할머니라고 불렀잖아."

59세면 경계선에 있는 것이다. 난 김포댁의 기분을 맞춰주기로
했다.

"그러게요. 이렇게 팔팔한 김포댁 아주머니를 할머니로 보다
니요."

김포댁이 힐끗 째려보았다. 난 진심으로 말한 건데….

안채가 시끌시끌하더니 손라라가 나왔고, 함기호가 뒤를 따라
나왔다. 함기호의 얼굴이 붉게 물들어 있었다.

"왜 그래? 이런 시골에서 왜 늙은이들이랑 살겠다는 거야?"

김포댁이 마시던 양은 잔을 바닥에 탁 하고 내려놨다. 함기호가
늙은이들이라고 한 말 속에는 나도 포함된 이야기지만, 난 제빵 신
타이틀을 빼앗기며 온갖 모욕을 받으면서 참을성도 강해졌다. 난
김포댁에게 말했다. 물론 함기호도 들으라고 일부러 크게 말했다.

"거, 속 좁은 놈이 말한 거에 왜 흥분하고 그러세요?"

함기호가 나를 쳐다보았다. 제가 보면 어쩔 거야?

"그렇지. 저런 밴댕이 소갈딱지라면 나도 안 사귀겠다."

김포댁도 나의 작전을 눈치챘는지 똑같이 응수했다. 함기호는

손을 허리에 올렸다.

"말조심들 하세요!"

김포댁의 눈썹이 올라가며 뭐라 말하려고 해서 얼른 막걸리 병을 들었다.

"진정하세요. 개가 문다고 우리도 개를 물 순 없잖아요. 술이나 드시죠."

함기호의 표정이 일그러지자, 반대로 김포댁의 표정은 풀어졌다.

"그렇지?"

김포댁과 나는 잔을 부딪치고 막걸리를 마셨다. 오래되어 미지근해졌지만, 목으로 넘어가는 막걸리는 내 가슴을 시원하게 했다.

함기호는 안 되겠는지 손라라를 돌아보았다.

"라라야. 저 사람 사기꾼이야. 저 사람한테 무슨 빵을 배운다고 그래?"

"오빠, 예의 좀 갖춰. 그리고 저분은 할아버지의 제자라고. 할아버지 빵을 내게 가르쳐주고 있어."

"이제 어떡할 거야? 휴가도 다 끝나가잖아."

"1년 휴직할 거야."

"뭐라고? 그럼 무급일 텐데, 뭐 먹고살 거야?"

손라라의 표정도 좋지 않았다. 돈 문제가 있기는 한가 보다. 쯧쯧, 날 사기꾼이라고 하지만 않았어도 도와줄 의향이 있었는데….

"라라 양. 내가 빵집을 차리려고 하는데, 라라제빵소 임대료를 내지. 월 200이면 어떨까?"

손라라와 함기호 모두 눈이 커져서 나를 돌아보았다. 함기호가 나에게 다가왔다.

"사기꾼은 끼어들지 마세요. 그리고 그렇게 무책임한 말을 하지 마세요."

나는 함기호를 무시하고 라라한테 다가갔다.

"라라 양, 제빵소를 열자. 빵집을 운영하면서 배우는 것이 더 빠를 거야."

자리에 앉았던 김포댁이 손을 번쩍 들었다.

"나도 끼워줘. 열심히 일할게."

나는 김포댁을 돌아보았다.

"당연하죠. 월급도 계속 똑같이 드릴게요."

어이없이 바라보고 있는 함기호의 눈앞에 김포댁이 엄지와 검지를 동그랗게 말아쥐고 흔들었다.

"우리 빠띠새 돈 많거든."

함기호는 손라라 앞으로 다가왔다.

"설마 이런 사람들과 정말 빵집을 차리지는 않겠지?"

"왜 안 돼?"

"왜라니? 빵집을 차리는 것은 인생을 버리는 거잖아."

함기호는 말을 참 못 한다. 손라라는 나중에라도 빵집을 차리고 싶어 한다. 꿈을 저렇게 말하면 당연히 반발심이 생긴다. 손라라가 주먹을 불끈 쥐고 말했다.

"나 제빵소 차릴 거야."

"그럼 우리 사이는 끝이야."

"내 꿈을 무시하는 사람은 나도 필요 없어."

김포댁이 손라라의 뒤에서 조용히 탈춤을 추듯 몸을 흔들었다. 함기호는 김포댁을 보고 이를 뿌드득 갈고 제빵소를 뛰쳐나갔다. 잠시 후 자동차 시동 거는 소리가 났고 저 멀리 읍내 쪽으로 사라졌다.

손라라는 울음을 터뜨리며 안채로 뛰어 들어갔다. 김포댁이 따라 들어가려는 것을 붙잡았다.

"그냥 두세요."

"근데 빠띠새, 진짜 제빵소 열거야?"

"해보죠, 뭐."

나는 제빵소를 돌아보았다. 오래된 테이블과 의자가 있었다. 의자를 빼서 앉아보았다. 오래됐지만 앉는 데는 문제 없었다.

"빠띠새. 이렇게 오래된 의자는 바꿔야겠지?"

"아니요. 오히려 이런 오래된 의자가 젊은 손님을 불러올 거예요."

김포댁은 내가 무슨 말을 하는지 모를 것이다. 강화도에는 주말에 젊은 층이 여행을 온다. 그에 맞춰 읍내 쪽에는 카페도 많이 생겼다. 젊은이들은 감성을 원한다. 옛날 빵과 옛날 빵집은 분명히 사람들을 모을 것이다.

"내일부터 여기 홀 청소 좀 부탁할게요. 정식으로 빵집을 차리면 위생을 최고로 신경 써야 할 거예요."

라라제빵소에 희망의 싹이 튼 그날 밤, 난 죽을 뻔했다.

자정쯤이었을 것이다. 전쟁이 났다면 이런 소리가 났을 거라는 생각이 들었다. 혼란한 소리에 눈을 떴을 때, 자동차가 내 머리 위에 있었다. 신이 나에게 삶의 기회를 더 주는지 자동차는 내 머리 위쪽 벽에 부딪혔다. 30센티미터만 아래로 내려왔으면 머리가 터졌을 것이다.

함기호는 손라라와 이별하고 읍내에서 술을 마셨다. 그래, 연인과 헤어진 슬픔을 술로 달래는 것 정도는 이해한다. 하지만 함기호는 운전대를 잡았다. 여기까지도 사회의 지탄을 받아 마땅한 범죄지만, 함기호는 그것을 더 뛰어넘었다. 라라제빵소 문으로 돌진한 것이다.

[이별에 앙심을 품고 여자친구 집에 자동차 돌진]이라는 뉴스 기사가 났다. 분명 거기서 자는 나를 노린 것이겠지만, 뉴스도 완전히 틀린 건 아니다.

다음 날 아침 제빵소 안으로 들어온 자동차를 보고 김포댁이 호들갑을 떨었다.

"내 그놈이 이럴 줄 알았다니까! 빠띠새, 큰일 날 뻔했네. 다행이야, 다행."

"라라 양이 그런 자와 미련 없이 끝날 수 있으니 그걸로 됐습니다."

"그런 놈은 깜빵 가야 해, 깜빵."

한순간의 실수로 인생을 망친 건 안타깝지만, 아마 실형을 받을 것이다.

손라라는 함기호 일로 경찰서에 몇 번 왔다 갔다 했다. 그는 술이 깨서는 아무것도 기억 안 난다고 했다. 아마 그 말은 사실일 것이다. 혈중알코올농도가 0.2%가 넘었으니까 말이다. 술을 마시며 여자친구를 빼앗아 간 제빵소와 나에게 욕을 했겠지. 잠재의식에 쌓인 분노가 함기호를 움직인 것이다.

하지만 아무도 그 말을 믿어주지 않았다. 그저 범죄자들이 잡힌 후에 늘어놓는 변명으로 받아들였다. 아무튼 함기호는 제빵소 손괴에 대해 손해배상을 하기로 했다. 그리고 둘의 관계도 깔끔한 결말을 맞이할 수 있었다.

제빵소 수리와 함께 제빵 수업도 이어졌다. 손라라는 빵의 기술을 익힐수록 기분도 나아졌다. 먼저 기본 빵인 식빵, 캄파뉴, 바게트를 만들고, 다음에는 화덕 사용을 배웠다. 스승님은 열기만으로 화덕 안의 온도를 귀신같이 알았지만, 손라라는 온도계를 사용했다. 과학적이어야 한다는 그녀의 주장을 난 받아들였다.

제빵소를 찾는 손님을 위한 빵도 가르쳤다. 옛날 감성을 유지하기 위해 단팥빵, 슈크림빵, 소보로빵을 만들었다. 손라라는 젊은 층을 위한 화려한 빵을 만들어 달라고 했지만 난 거절했다. 라라제 빵소에는 어울리지 않았다. 화려한 빵을 만들면 그에 어울리는 커피도 준비해야 한다. 돈이 없는 것은 아니지만, 그렇게 제빵 신의 빵을 만들면 사람을 살리는 빵을 만들지 못할 것 같았다.

"파티셰님, 저걸로 괜찮을까요?"

손라라는 김포댁을 보고 말했다. 주방 한쪽에서 김포댁이 냉커피 석 잔을 쟁반에 받쳐 들고나왔다. 김포댁은 나와 손라라가 앉아 있는 테이블로 와서 쟁반을 내렸다.

"둘둘둘 커피 나왔어."

커피 둘, 크림 둘, 설탕 둘 커피는 오리지널 옛날 커피다. 나는 잔을 들어 한 모금 마셨다. 단맛이 입에 전해졌다.

"라라 양, 제빵소를 둘러봐. 여기에는 이 커피가 어울리지 않 겠어?"

손라라도 고개를 끄덕였다. 특별히 개업을 알리는 행사는 하지 않았다. 그저 영업 중이라는 것을 알리는 풍선 인형을 길가에 세웠 을 뿐이었다. 풍선 인형은 제빵소로 들어오라는 듯 손을 계속 움직 였다.

첫 번째 손님은 신 씨와 진우였다. 신 씨는 커다란 화분을 하나 가져왔다. '번창하세요'라고 쓰인 리본이 있었다.

"형님, 대박 나세요."

"뭔 대박이야. 돈 벌려고 하는 거 아니야."

"무슨 소리를 그렇게 하세요? 형님이 대박 나야 저도 대박 날 거 아니예요."

"자네 돈은 절대 안 떼먹을 테니 걱정하지 마."

나는 옆에 서 있는 진우의 머리를 쓰다듬었다.

"진우야. 빵 먹자. 저기 앉아."

"네, 제빵 신 아저씨의 단팥빵을 얼른 먹고 싶어요."

나는 주위를 둘러보고 진우에게 말했다.

"진우야. 다른 사람이 있을 때는 절대 그렇게 부르면 안 돼."

"왜요?"

"영웅은 항상 숨어 있는 법이야."

"스파이더맨처럼요?"

"그렇지."

진우는 고개를 끄덕였다.

강화도는 노인이 많은 곳이지만 단팥빵, 슈크림빵, 소보로빵이 그럭저럭 팔렸다. 저렴한 가격이 한몫했을 것이다.

읍내에 대형 프랜차이즈 빵집이 하나 있다. 좋은 재료를 사용하기도 하고 가격도 낮출 수 있겠지만, 세계적인 인플레이션과 곡물값 급등으로 프랜차이즈 빵값도 만만치 않게 올랐다.

난 최고급 재료와 참나무 화덕 기술을 사용한다. 프랜차이즈 빵보다 훨씬 맛이 좋을 것이다. 게다가 값까지 더 싸니 당연히 나의 빵을 선택할 것이다.

하루에 30개씩 만든 단팥빵, 슈크림빵, 소보로빵은 거의 팔렸다. 그리고 10개의 식빵, 10개의 캄파뉴도 1~2개 정도만 남았다. 읍내의 샌드위치 가게에서 식빵과 캄파뉴를 사용한다고 매일 납품을 원했다. 주말에는 조금 더 팔렸지만, 대충 이 정도.

그날따라 손님이 없었다. 저녁에 많이 남은 빵을 보며 손라라가 내게 말했다.

"파티셰님. 이대로 괜찮겠어요?"

"괜찮아."

"저는 안 괜찮아요."

"빵에 불만 있나?"

"빵에는 불만이 없어요."

그때 뒤에서 김포댁이 입을 열었다.

"내 둘둘둘 커피에 불만이 있는 건 아니지?"

"김포댁 아주머니도 그러지 말고 이리 와 앉아보세요."

나는 냉장고에서 캔 맥주를 꺼내 공중에 들고 흔들었다. 어차피 이제 손님이 올 시간이 지났다. 손라라는 인중에 주름을 지으며 거부 의사를 밝혔고, 김포댁은 손을 번쩍 들어 흔들었다. 나는 한 캔을 더 가져와서 테이블에 앉았다.

"파티셰님, 이렇게 영업시간에 술 마셔도 되는 거예요?"

"안 되지."

손라라는 눈을 크게 뜨고, 고개를 내밀며 내가 들고 있는 맥주를 보았다. 나는 맥주를 따서 꼴깍꼴깍 마셨다.

"이건 고단한 하루의 마무리."

손라라가 자신의 스마트폰을 조작하더니 한 화면을 띄워 테이블에 올려두었다. 힐끗 보니 엑셀 파일이었다.

"이번 달 빵을 판 숫자예요."

김포댁은 스마트폰을 열심히 들여다봤지만, 알 턱이 없었다.

"라라야. 돈 좀 벌었냐?"

"전 몰라요. 돈은 파티셰가 모두 관리하니까요."

"난 커피 열심히 만들었어!"

나는 맥주를 한 모금 마시고 김포댁에게 말했다.

"커피는 생각 외로 장사가 잘되고 있습니다."

동네 할아버지, 할머니는 진하고 단 커피를 좋아했다. 김포댁은 기쁜지 손라라를 보며 말했다.

"호호호, 거봐라. 내 둘둘둘 커피가 통하잖니."

"좋아요. 파티셰님. 하루에 팔리는 빵으로 수익이 나고 있나요?"

"라라 양이 상관할 일이 아니야."

"2500원짜리 식빵 10개, 3500원짜리 캄파뉴 10개, 그리고 1200원짜리 빵 90개. 하루 매출이 17만 원도 안 돼요. 팔리는 빵의 개수는 정해져 있고, 이렇게 싸게 파는데 수익이 나겠어요? 아무리 봐도 수익이 나지 않을 것 같은데 말이에요."

"돈 벌려고 하는 거 아니야."

옆에서 김포댁이 끼어들었다.

"내 둘둘둘 커피는 왜 빼는 거야? 하루에 10잔은 팔걸?"

"역시 대단한 커피입니다. 그것 때문에 본전은 하고 있어요."

나는 맥주 캔을 들어 김포댁에게 내밀었다. 김포댁은 기쁜지 자신의 맥주 캔을 들어 힘껏 부딪쳤다. 하얀 기포가 좁은 맥주 입구로 튀어나왔다.

"파티셰님, 고급 빵도 섞어서 파시면 안 돼요?"

"이유는?"

"그래야 돈을 조금이라도 벌죠."

"내가 제빵소를 시작한 이유 중 하나는 라라 양에게 할아버지 제빵 기술을 전수하는 것이라는 것을 잊지 말아줘."

"그럼 재료 단가를 낮춰요. 팥도 수입산을 쓰고, 버터도 소금도 고급을 쓰지 않으면 돼요. 비싼 장작 쓰지 말고, 화덕 대신 오븐을 쓰고요."

"빵이 맛없다는 소리를 듣는 것보다 낫지."

"맛있다고 하는 사람도 없잖아요."

"계속 찾아오는 동네 어르신들이 맛있다는 증거야."

"그건 가격이 싸니까요!"

"아니, 가격이 싸다고 맛없는 빵을 억지로 먹진 않아."

말이 통하지 않는지 손라라가 의자를 박차고 일어섰다.

"그럼, 제 미래는요? 남친도 직업도 버리고 여기 시골에서 이런 저렴한 빵을 만들면 미래가 있냐고요!"

생각지 못한 일이었다. 손라라는 조급해하고 있지만, 무엇보다 중요한 것은 기본기다. 나도 기본기를 익혔기에 제빵 명장에 도달할 수 있었던 것이다.

"라라 양…."

어떤 말을 해야 할지 모를 그때, 라라제빵소 입구 문에 달린 방울이 울렸다. 손님이었다. 라라는 얼른 계산대로 가서 섰다. 손님은 등산복 차림의 중년 남자였다. 남자는 테이블에 앉아 맥주를 먹는 나와 김포댁을 보더니 라라를 돌아보고 물었다.

"영업하나요?"

"네, 합니다. 어서 오세요."

남자는 제빵소로 들어와 매대로 갔다. 가봤자 단팥빵, 슈크림빵, 소보로빵밖에 없다. 아, 식빵도 있구나. 남자는 쟁반에 종류별로 하나씩 담고 계산대 앞의 손라라에게 갔다.

"커피도 있어요?"

"네. 옛날 커피예요."

"그럼, 그것도 한 잔 주세요."

어느새 갔는지 김포댁이 주방의 커피 만드는 장소로 이동해 있었다.

"모두 7천 원입니다."

"네? 7천 원이요?"

"네, 7천 원 맞습니다."

"정말 싸네요."

남자는 가격에 놀란 눈치였다.

"감사합니다. 자리에 계시면 커피는 가져다드리겠습니다."

남자는 빵이 든 쟁반을 들고 와 빈자리에 앉았다. 나는 맥주를 홀짝이며 남자를 관찰했다. 남자는 빵을 먹지는 않고 이리저리 모양을 관찰하고 냄새를 맡았다.

저러는 이유는 단 하나. 저 사람은 빵을 만드는 사람이다. 제빵 명장이 되고부터 많은 제빵사가 나의 가게에 방문했다. 빵을 만드는 것을 배우기 위해서였다.

나는 피식 웃고는 맥주 캔을 들어 한 모금 마셨다. 냄새나 맛만 보고 빵을 똑같이 만들 수는 없다. 물론 불가능한 것은 아니겠지만, 그럴 재능이 있다면 이렇게 다른 사람의 빵을 염탐하러 오지는 않았을 것이다.

남자는 단팥빵을 반으로 가르더니 안에 있는 단팥만 먹어 보고는 고개를 끄덕였다. 당연하지, 최고급 팥과 내 노력이 들어갔는데. 남자는 단팥빵을 한 입 깨물고는 우적우적 씹어먹었다.

"커피 나왔습니다."

손라라가 커피를 내려놓자, 남자는 라라를 올려다보며 물었다.

"이 빵들 여기서 만든 거 맞죠?"

손라라는 나를 보며 대답했다.

"네, 맞습니다."

남자는 나를 보고 고개를 살짝 숙였다. 그는 손라라가 이동하자 빵을 관찰하며 계속 먹어치웠다. 그리고 마지막 남은 식빵을 들고 냄새를 맡고 곧이어 결을 살피며 찢었다. 얇게 찢어지는 빵을 경이로운 눈빛으로 바라보았다.

어느새 옆에 온 김포댁이 남자를 보며 작게 속삭였다.

"이 시간에 등산하러 온 것 같지는 않은데….."

나는 별 대답을 하지 않고 맥주 캔을 들어 마셨다. 맥주는 거의 바닥이었다. 잠시 후 남자의 행동이 급변했다. 꼿꼿이 세웠던 허리가 다시 굽어졌다. 밖에서 나부끼는 풍선 인형의 코드를 뺐을 때의 모습처럼 보였다. 바람 빠지는 풍선, 남자는 들고 있던 식빵도 다시 접시에 놓았다. 멍하니 빵을 노려보던 남자는 옆 의자에 두었던 등산 가방을 열어 안을 보았다.

나의 눈에 주황색 뭔가가 보였다. 남자는 손으로 주황색 물체를 만지더니 가방을 다시 닫고 자리에서 일어났다. 남자는 나에게 다가왔다.

"선생님, 저도 빵을 만들고 있습니다. 저는 단팥 소와 빵 사이에 공간이 생기던데 여기 빵은 그렇지 않더군요."

"공간이 생기는 것은 수분 증발 때문입니다. 단팥 소의 수분을 줄여야 합니다."

남자의 눈이 커졌다. 수분이 없는 단팥 소의 비법을 물으려는 듯 한 발 앞으로 나왔지만 이내 포기했는지 어깨가 수그러들었다. 남자는 미소를 지으며 깊이 고개를 숙였다.

"맛있는 빵 잘 먹었습니다."

애써 웃는 모습에서 불안함이 느껴졌다. 이대로 보내면 안 될 것 같았지만, 뭐 어떻게 할 도리가 없다. 남자에게 단팥빵의 기술을 가르쳐준다 한들 성공 확률은 거의 제로에 수렴할 것이다.

"또 오십시오. 맛있는 빵, 먹고 싶은 빵 만들어줄 테니 말입니다."

남자는 고개를 돌려 나를 보았다.

"고맙습니다."

남자가 문을 열고 사라지자, 제빵소에는 방울 소리만 아쉬운 듯 남았다. 나는 맥주 캔을 들고 남지도 않은 액체를 모두 마셔버렸다.

"맥주 더럽게 맛없네."

"그럼, 막걸리로 바꿀까?"

옆에서 김포댁이 나를 보며 물었다. 손라라가 남자가 먹던 자리를 치우고 다가왔다.

"파티셰님, 매일 그렇게 술을 마셔도 몸이 괜찮아요?"

"주황색 물체가 마음에 걸려. 그게 뭘까?"

164

나도 모르게 남자의 가방에서 본 주황색 물체에 대해 말했다.

"무슨 소리세요?"

"아니, 아니야. 그보다 김포댁 아주머니. 오늘은 독한 술 어때요?"

"소주?"

"아니요, 더 센 거."

"그런 게 어딨어?"

"제가 가지고 있어요."

난 수납장에서 양주병을 꺼냈다. 술이 들어가는 빵도 있기에 사둔 것이다.

"김치찌개 가능합니까?"

"그건 눈감고도 끓이지."

손라라가 손뼉을 쳐서 집중시켰다.

"파티셰님! 여사님! 지금은 제빵소 영업 중이라고요!"

나는 손을 허공에 흔들었다.

"사장이 쉬면 쉬는 거지."

김포댁도 아랑곳하지 않고 손라라에게 물었다.

"라라야, 넌 김치찌개에 참치 넣는 것이 좋으냐, 돼지고기 넣는 것이 좋으냐?"

"저는… 고기파긴 하지만 지금 그게 문제가 아니잖아요."

"냉동해둔 고기가 있을 거야."

김포댁은 안채로 들어가 버렸다. 손라라는 고개를 절레절레 흔들었다.

"라라 양. 앉아봐."

그녀는 자포자기한 모습으로 의자에 털썩 앉았다. 아까 하던 이야기를 마저 해야 했다.

"난 스승님 아래서 7년을 배웠어. 그제야 스승님은 나를 유일하게 인정해주셨지. 안방의 사진이 그 증거야. 기본은 익히면 익힐수록 좋은 거야."

"하지만 파티셰님의 돈을 받기 민망하다고요."

"그건 가게 임대료라고 했잖아."

손라라는 엄지손톱을 물어뜯었다. 조바심이 생긴 것이다.

"라라 양, 혹시 제빵 명장 되고 싶나?"

라라는 고개를 번쩍 들었다. 제빵사가 되려고 마음먹으면 당연히 되고 싶을 것이다.

"생각해본 적 없어요."

"해봐. 꿈은 클수록 좋아. 하지만 나처럼 욕심을 내면 이렇게 파멸을 맞을 거야."

"제가 될 수 있을까요?"

"별거 없어. 하지만 기본을 익혀야 해. 기본은 자전거 같은 거야. 처음에는 어렵지만 익숙해지면 한 손을 놓고, 다음에는 두 손도 놓을 수 있지. 심지어 두 손을 놓고 커브도 돌 수 있어. 그리고 잊히지도 않아. 자전거를 1년을 안 타도 바로 운전 가능하잖아? 제빵 기술도 그런 거야."

"파티셰처럼요?"

"이야기가 그렇게 되는 건가?"

나도 손을 다쳐 빵을 만들지 못했지만, 그건 마음에서 오는 병에 의해서였다. 나는 오른손 상처를 쓰다듬었다.

손라라는 내 손목을 보며 고개를 끄덕였다. 그때 김포댁이 김치찌개를 가지고 나왔다. 주황빛 김치찌개를 보자 입에 침이 고였다. 김포댁은 접시에 김치찌개를 덜어 주었다.

나는 숟가락을 들어 국물을 떠먹었다. 시큼함이 전해지며 목에서 기침이 났다.

"최고네요."

"3년 된 묵은지야."

나는 손라라를 돌아보았다.

"라라 양, 이렇게 익으면 익을수록 좋은 게 많아, 그렇지?"

"으이구, 충분히 알아들었다고요."

손라라는 양주병을 따더니 김포댁이 가져온 소주잔에 따랐다. 우리는 건배하고 독한 양주를 마셨다. 김포댁은 양주를 처음 마셔 보는지 퉤퉤 하며 바닥에 뱉었다.

"으악, 이런 걸 무슨 맛에 먹는 거야?"

나는 길게 찢은 김치와 고기를 싸서 먹었다. 배가 점점 고파져서 김포댁이 떠준 한 그릇을 먹고, 다시 한 그릇을 더 펐다.

주황색 김치찌개를 보자 아까 남자의 가방 속 주황색 물체가 생각났다. 뭔가 알 듯 말 듯 했다.

"빠띠새, 무슨 생각해?"

"아까 그 남자요."

"그 등산복 남자? 으이구, 송장 치르지 말아야 할 텐데 말이야."

"무슨 소리예요?"

"다 저녁에 등산하러 온 것도 아니잖아. 강화도에 등산 오면 보통 마니산이나 고려산으로 가지."

"무슨 뜻이세요?"

"가끔 산에서 자살하는 사람이 있어."

김포댁의 말을 듣고서야 주황색 물체의 정체가 생각났다. 빨랫줄이었다. 주황색 빨랫줄이 마치 두루마리 휴지처럼 감겨 있었다. 나는 밖으로 뛰쳐나갔다. 주위는 이미 어두워져 있었다. 남자를 찾는다고 온 산을 뒤질 수도 없는 노릇이었다.

운명이 그를 살리려면 살리겠지. 나는 가게로 들어와 찝찝한 기분으로 양주를 마셨다.

다음날이 왔다. 누군가 나를 흔들어 깨워서 눈을 뜨니 손라라가 있었다.

"파티셰! 일해야죠."

간이침대에서 일어나려 하니 두통과 근육통이 심했다. 양주를 마신 것이 독이 됐다.

"어제 그렇게 마시더니, 어쩔 거예요!"

평소 술을 많이 마시기는 했지만 이러지는 않았다. 아무래도 그 남자 때문에 심리가 흔들린 것이다. 오늘은 도저히 움직이기 힘들었다. 아니 움직이기 싫었다.

"오늘은 혼자 만들 수 있겠어?"

"그걸 말이라고 하세요! 지금 벌써 새벽 5시라고요."

손라라는 시간 핑계를 댔지만, 아직 혼자서 만들기는 부담스러운 것이다.

"그럼 하루 쉬자. 몸이 이러니 빵을 만들어도 맛없을 거야."

"고객과의 약속은요?"

"개인 사정에 의해 쉬는 날도 있는 거야."

잠시 머뭇머뭇하더니 입을 열었다.

"제가 식빵하고 캄파뉴만 만들어볼까요? 샌드위치 가게에 납품도 해야 하고요."

"할 수 있겠니?"

손라라가 고개를 끄덕였다. 혼자라면 그 정도는 가능할 것이다. 매일 반죽을 만들고 발효하고, 화덕에 빵을 구웠으니 말이다.

"그러자. 단팥빵, 슈크림빵, 소보로빵은 어제 재고 남았잖아. 그거 어제 거라고 써붙이고 가격을 내려."

"네, 알겠습니다."

"나 좀 씻을게."

8월 말이 되니 제빵소도 제법 싸늘했다. 나는 목욕탕으로 가서 뜨거운 물을 받았다. 탕에 들어가 있으니 몸의 독소가 빠져나가는 것 같았다. 까무룩 잠이 들었다.

화덕에 넣을 소나무 가지를 꺾으러 뒷산으로 올라갔다. 어제 남자가 주황색 빨랫줄을 풀고 커다란 소나무 가지에 묶고 있었다. 나는 힘을 대해 올라갔다. 그를 구하기 위해 뛰어 올라갔다. 하지만 남자도 나무도 가까워지지 않았다. 내가 말릴 수 없는 것일까? 그는 원형으로 만든 고리를 목에 넣었다. 그리고 나무토막을 밟고 올라가 나무토막을 발로 찼다. 갑자기 해일이 일며 물이 나를 덮쳤다.

"어푸."

그렇게 욕조로 미끄러져 들어가며 나는 눈을 떴다.

김포댁도 숙취가 있었는지 1시간 늦게 출근했다. 해장하라고 북엇국을 끓여줬는데 입맛이 없었다.

"빠띠새, 왜 이렇게 힘이 없어?"

"양주를 너무 오랜만에 마셨나 봐요."

"나도 그렇긴 해."

나는 제빵소로 나왔다. 손라라가 화덕에 불을 지피고 있었다.

"소나무 가지 좀 구해올게."

"오늘은 괜찮아요. 있어요."

손라라가 대답했지만 난 밖으로 나왔다. 스승님과 산책을 나오던 뒷산에 왔다. 길을 따라 걸었다. 아직 짙푸른 잎을 달고 있는 나무가 많은 산은 한 치 앞도 분간하기 힘들었다. 나는 평소 가보지 않은 깊숙한 곳까지 들어갔다. 길을 떠나 커다란 바위 뒤에도 가보고 물이 흐르는 계곡에도 들어갔다.

그렇게 점심시간이 지날 때까지 산을 뒤지고 다녔다. 우려했던 시체는 발견하지 못했지만, 마음 한구석은 계속 찜찜했다.

제빵소로 돌아왔다. 문을 열고 들어가자 어제의 남자가 테이블에 앉아 있었다. 마주친 눈이 퀭했다. 괜히 돌아다녔네. 그런데 갑자기 남자는 나를 보자 달려와 내 앞에 무릎을 꿇었다.

"이게 무슨 짓입니까?"

"가르쳐주세요. 빵 만드는 비법을 가르쳐주십시오."

나는 손라라를 돌아보았다. 그녀는 어깨를 으쓱 올렸다. 김포댁을 돌아보았다. 눈썹을 으쓱하고 올렸다.

"일단 앉읍시다."

남자의 이름은 김세원. 그는 안산에서 빵집을 운영하고 있었다. 배운 것이 제빵 기술인데 대형 프랜차이즈와의 가격 경쟁에서 지고 만 것이다. 빚만 잔뜩 지게 되어 죽기로 했단다. 죽기 위해 산으로 올라가다가, 라라제빵소가 있어 궁금해 들어온 것이었다. 라라제빵소의 빵은 가격도 싸지만, 자기가 만든 것보다 훨씬 맛있었다고 했다. 이렇게 싼 가격에 이런 빵을 만든다면 프랜차이즈와의 경쟁에서 이길 수도 있을 거란 생각이 들었단다.

"가족은 있습니까?"

김세원은 고개를 끄덕였다.

"아내와 유치원 다니는 아들과 딸이 있습니다."

"잠시 욕 좀 하겠습니다. 양해 바랍니다."

남자가 무슨 말을 하려나 하는 눈빛으로 고개를 들어 나를 봤다.

"이런 무책임한 놈아! 너만 뒤지면 끝이냐!"

나는 어젯밤 나를 괴롭게 한 분노까지 더해 김세원에게 욕설을 퍼부었다. 그는 고개를 푹 숙였다. 김포댁이 와서 내 어깨에 손을 올리고 나서야 욕을 멈췄다. 나도 모든 것을 빼앗겼을 때, 죽으려는 마음도 있었다. 이해 못 하는 것은 아니지만….

"애들 사진 좀 보여주세요."

김세원은 고개를 들더니 스마트폰을 내밀었다. 앞니가 빠진 어린아이들이 활짝 웃고 있었다. 김포댁이 내 옆에 앉으며 사진을 보았다.

"아이고, 이뻐라. 이런 아이들을 두고 죽으려고 했다고?"

김세원은 고개를 들지 못했다. 테이블에 물이 톡톡 떨어졌다.

"빠띠새, 애들 살리는 셈 치고, 비법 좀 가르쳐줘. 제빵 신의 비법 말이야."

"거, 참 쓸데없는 소리."

남자를 고개를 들고 나를 보았다. 이제는 긴 머리에 덥수룩한 수염이 있지만, 남자는 나를 알아보았다.

"혹시 제빵 신 안창석 님?"

나는 김포댁을 째려보았다. 김포댁의 눈썹이 선하게 변했다.

"과거 일입니다. 그리고 텔레비전 봤으면 나에 대해 알 거 아닙니까."

남자는 다시 의자에서 일어나 바닥에 무릎 꿇고 엎드렸다.

"부탁입니다. 가르쳐주세요. 제빵 신의 빵 비법 몇 개만 알려주십시오. 우리 아이들을 살려주세요."

"안 돼! 돌아가요."

"빠띠새, 알려줘. 불쌍하지도 않아?"

김포댁에 이어 손라라도 가세했다.

"할아버지가 사람 살리는 빵을 만들라고 했다면서요?"

이런 초심자들을 데리고 뭘 하랴.

"어차피 안 돼. 심지어 라라제빵소의 단팥빵, 슈크림빵으로도 힘들어."

"가르쳐주세요. 할 수 있어요."

나는 자리에서 일어서 등을 보이며 돌았다. 옆에서 김포댁의 목소리가 들렸다.

"빠띠새에게 처음으로 실망하는 마음이 생기려고 해."

"파티셰님. 빵으로 저도 살리고, 신영철 씨도 살리셨잖아요."

손라라의 목소리에 나는 의자에 앉았다.

"모두 앉아보세요."

의자에 손라라, 김포댁, 김세원이 앉았다.

"라라 양. 잘 들어. 지금 라라제빵소는 적자를 내고 있어."

나는 라라제빵소 빵값을 저렴하게 하기 위해 본전 가격으로 팔고 있었다. 하지만 이건 본전이 아니다. 손라라와 김포댁에게 주는 돈은 별도로 치더라도 전기세와 수도세도 내야 했고, 신 씨에게 화물 운반료도 줘야 한다. 택배를 사용하면 더 저렴하겠지만, 사람을 살렸으니 계속 책임지는 게 맞다.

"어제는 본전이라며?"

김포댁이 나에게 물었지만 손라라가 대답했다.

"우리에게 주는 월급이요. 그건 모두 파티셰님이 떠안는 적자라고요."

김포댁도 다소 죄책감이 생기는지 눈썹이 아래로 내려갔다.

"으흠, 그러니까 라라 양에게 주는 돈은 제빵소 임대료고, 아주머니에게 주는 건, 그러니까 김포댁 아주머니가 내 밥도 하고 빨래도 해주고 하니까 그에 대한 돈이니 생각하지 말고."

김포댁의 눈썹 끝이 순식간에 올라갔다.

"아, 맞다. 나 파출부도 하고 있었지?"

"하지만 빵집을 운영하려면 전기세도 내고, 수도세도 내야 하지. 그리고…"

나는 신 씨에게 주는 화물 운반료 이야기는 굳이 하지 않았다. 그리고 눈을 껌벅거리면서 보고 있는 김세원에게 말했다.

"내가 무슨 말을 하는지 알겠소?"

김세원은 입을 반쯤 벌리고는 고개를 가로저었다.

"프랜차이즈에서는 단팥빵, 슈크림빵, 소보로빵을 얼마에 팔고 있는지 아시오?"

"1900원입니다."

"당신은 얼마에 팔았죠?"

"1800원이요."

"당신 빵을 먹으러 사람들이 왔나요?"

"안 왔으니 이렇게 망했죠."

"이름 없는 동네 빵집이 프랜차이즈와 가격 경쟁하려면 1500원은 해야 됩니다. 맛도 내가 만드는 정도까지는 아니어도 어느 정도 돼야 하고. 그럼 남는 돈이 있을까요?"

"원가가 8~900원 정도니 6~700원이 남죠."

"내 빵의 재료는 비쌉니다. 유기농 밀가루에, 팥도 국산 팥을 써야 하고, 설탕도 무스코바도 설탕으로, 그러니까 비정제 결정당을 사용하고 있소. 소금도 신안 천일염을 쓰고, 버터는 오메가3 지방산으로 만든 버터를 사용하고 있지요."

이렇게 고급 재료를 사용하면 원가가 지금 파는 1200원이 되는 것이다.

"그럼, 300원이 남겠죠."

"그럼, 남아요?"

김세원은 고개를 가로저었다. 그는 월세를 내고, 전기세, 수도세를 내야 한다.

"기존 재료로 어떻게 안 되겠습니까?"

"수입산 팥을 쓰면 씁쓸한 뒷맛이 있지. 최고급 바닐라 익스트랙을 쓰지 않으면 깊은 향의 슈크림을 만들 수 없고, 소보로빵은 아무 특징 없는 빵일 뿐이오."

김세원은 고개를 숙였다. 어깨가 한없이 움츠러들었다. 고개를 숙인 채 말했다. 과거를 회상하는 말이었다.

"어렸을 때, 어머니랑 시장에 가면 꼭 고로케를 사주셨어요. 뜨거운 고로케가 얼마나 맛있던지, 저는 어머니가 시장에 가면 꼭 따라갔죠. 저는 그 맛을 잊지 못하고 결국 빵 만드는 사람이 되었습니다."

갑자기 뇌에서 전기가 파밧, 튀었다.

"그거야!"

남자가 고개를 번쩍 들었다.

"옛날 고로케를 파세요. 프랜차이즈와 다른 싼 고로케를 팔면 경쟁이 되겠지."

"고로케요?"

"옛날 고로케가 그립다면서요?"

"그건 그렇지만…."

나는 벌떡 일어났다.

"김포댁은 안채에 가서 양파, 당근, 피망, 대파, 감자, 햄을 가져
다주세요."

"잉?"

"어서요. 지금부터 옛날 고로케를 만들 거예요. 그리고…."

나는 눈을 동그랗게 뜨고 있는 손라라를 보았다.

"라라 양은 반죽 만들 준비를 하고. 지금부터 고로케 만드는 법
을 전수할 거야."

안채에서 김포댁이 재료를 가져와 주방에 올려놓았다.

"자, 지금부터 옛날 고로케 만드는 법을 가르쳐줄게요. 고로케
속 재료는 지금 이것이 전부예요."

손라라가 손을 들었다.

"파티셰님, 고로케에는 고기가 들어가지 않나요?"

"고기를 넣는 순간 단가가 높아져서 경쟁이 되지 않아. 우리는
이런 저렴한 채소로만 고로케 속을 만든다."

나는 김세원을 보고 지시했다.

"재료 한번 썰어보세요."

김세원은 지푸라기라도 잡기로 했는지 열심히 채소를 다졌다.

"이제 팬에 썬 재료를 넣고 볶아요. 단, 기름을 넣지 말고. 천천
히 채소에서 나오는 물기로 볶는 거지. 그리고 감자 삶고, 달걀을

찌고….”

나는 반죽을 치대고 있는 손라라를 보았다.

“버터 많이 넣었니?”

“네, 그렇게 했어요. 이유가 있나요?”

“그래야 반죽에서 바삭한 느낌이 날 거야. 쇼트닝을 조금 첨가하면 더 바삭할 거고. 김세원 씨, 들었죠?”

김세원이 채소를 볶으면서 곁눈질로 보며 대답했다.

“네, 그런데 싼 버터를 사용해도 되나요?”

“그래야 옛날 맛이 나지.”

채소가 볶아지고 반죽이 완성됐다.

“그럼, 둘이 반죽을 떼서 공굴리기하세요. 60그램. 우리는 고로케의 반죽을 아주 얇게 할 거야.”

손라라와 김세원이 반죽을 떼어 공굴리기로 모양을 만들었다. 손라라는 내가 가르쳐서 느리긴 해도 과정을 잘 지켰지만, 김세원은 속도가 우선이었다.

“잠깐, 김세원 씨. 절단면을 안쪽으로 잘 오므리며 공굴리기를 해야 해요.”

그는 그런 것까지 신경 쓰냐는 표정을 지었다가 다시 내 말대로 절단면을 잘 오무려 공을 만들었다.

“작은 거라도 잘 지켜야 맛있는 빵이 나옵니다. 라라 양은 반죽을 냉장실에 넣어. 소를 완성할 때까지 아주 잠깐 발효할 거야.”

손라라가 만들어진 반죽을 냉장실에 넣었다.

"다음은 소 만들기. 감자와 찐 달걀은 믹서기로 갈아 찐득하게 만들어야 해. 찰흙처럼 말이지. 여기에 볶은 채소를 넣는 거야."

나는 볼에 찰흙 같은 감자와 채소를 넣고 주걱으로 섞었다. 드디어 고로케 소가 완성됐다.

"자, 이제 만두를 빚듯 고로케를 만들어요. 소를 최대한 많이 넣어야 합니다."

나는 냉장실에서 잠깐의 발효를 마친 반죽 공을 들고 시범을 보였다.

"이 고로케의 특징은 반죽이 얇은 겁니다. 터지지 않게 이음매를 잘 봉해야 해요."

손라라와 김세원은 고로케를 만들었다. 손라라는 손기술이 남달랐지만, 김세원도 오래 빵집을 운영해서 그런지 잘 만들었다.

"모두 잘하고 있어요. 마지막은 빵가루 묻히기."

밀가루 물에 소금을 조금 넣고 물을 만들었다.

"빵가루는 건식과 습식이 있습니다. 김세원 씨, 둘의 차이점은 알고 있죠?"

"건식은 가루를 내어 말려 수분을 제거한 것이고, 습식은 그냥 빵을 가루를 낸 것입니다."

"좋아요. 그렇다면 둘의 차이점도 알고 있나요?"

"습식이 입자가 커서 더 바삭하고 거친 식감이 난다는 겁니다."

"그럼, 우리 고로케는 어떤 빵가루를 사용해야 하죠?"

"겉은 바삭하게 만들어야 하니 습식입니다."

"우후후, 기본은 되어 있군요. 하지만 틀렸어요. 우리는 피가 얇은 고로케지요. 빵보다 속을 강조한 것. 우리는 중간을 씁니다. 습식 가루를 손으로 한 번 문질러 중간 가루를 만들어 건조해 수분이 적은 빵가루를 만들 겁니다. 그게 옛날 고로케지. 그리고 당분이 안 들어간 빵을 만들어야 해요. 당분이 들어간 빵은 튀김 색이 진해지니까. 그럼, 라라 양부터 만들어봐."

손라라는 고로케 반죽에 물을 묻히고 빵가루를 묻히면서 얇게 눌렀다. 김세원도 잘 따라 했다.

나는 웍에 기름을 부었다. 불을 켜고 온도를 올려 170도를 만들었다.

"고로케 표면에 수분이 있으면 기름을 흡수하니 약간 건조하는 것이 키 포인트! 그리고 봉한 곳을 먼저 튀긴다."

김세원은 기름에 고로케를 넣고 튀겼다. 기름 위에 뜬 고로케에서 기포가 올라오며 고소한 냄새가 퍼지기 시작했다. 시간이 지나 고로케를 뒤집자 캐러멜 색으로 변화되어 있었다. 다음은 손라라가 자기의 고로케를 튀겨 완성했다.

그렇게 겉바속촉의 옛날 고로케가 완성되었다.

나는 고로케 한 개를 칼로 잘랐다. 절단면에 얇은 피가 많은 양의 고로케 속을 감싸고 있었다.

"자, 이제 시식해봅시다."

고로케를 입에 넣자 뜨거운 맛이 전해졌다. 고기가 들어 있지 않지만, 향수를 떠올리게 하는 맛이었다.

"빠띠새, 이렇게 맛있는 거 우리도 만들자. 진짜 어렸을 때, 먹던 맛이야."

김포댁이 반쪽의 고로케를 순식간에 먹어 치우더니 다시 새 고로케를 집어 들었다. 김세원도 다시 하나를 집어 순식간에 먹어 치웠다.

"고로케 겉이 이렇게 얇은데도 바삭함이 전해지는 게 신기하네요. 너무 맛있어 급하게 먹다가 입천장이 다 까졌어요."

"얼마에 팔 생각이에요?"

"가르쳐주십시오."

"천 원이면 어떨까요?"

재료는 모두 싼 것이다. 밀가루도 적게 들어가니 천 원이라도 500원 이상 남는다.

"그렇게 하겠습니다."

"사람이 많이 지나다니는 시간에 아예 밖에서 고로케를 튀기는 방법도 있죠. 바로 튀겨지는 고로케를 보고, 고소한 냄새를 맡으면 안 사 먹고는 못 배길 겁니다."

"좋은 방법입니다."

"반드시 이 옛날 고로케만 팔아야 해요. 고로케 속을 바꾸는 순

간 다 돈이라는 걸 잊지 마시고. 일단 이 고로케로 성공하고 단골
들이 생기면 그때 속을 바꾸세요."

"네, 알겠습니다."

나는 손라라를 돌아보았다.

"맛이 어때?"

"강화도의 어르신들이 좋아할 맛이에요."

"우리도 만들어 팔까?"

손라라는 고개를 가로저었다.

"화덕을 사용하는 우리 제빵소에 기름으로 튀기는 공정을 하나
더 넣으면 시간이 많이 소모될 것 같아요."

정답이다. 고로케를 팔더라도 지금 오는 손님 상태로는 매출이
더 늘 것 같지 않다. 괜히 공정만 늘리면 몸이 더 피곤해진다.

"그래, 잘 생각했다."

김세원이 아이들과 통화하는지, 목소리가 들렸다. 아빠가 맛있
는 고로케를 만들어 주겠다고 말했다. 어느새 밖은 어두워지기 시
작했다.

"읍내 터미널까지 차로 데려다줄게요."

"아닙니다. 걸어서 15분이면 되는데요."

"차로는 5분이에요. 어서 나와요."

김세원은 배낭을 메고 김포댁과 손라라에게 인사했다.

"정말 고맙습니다."

"다시는 오지 마세요!"

죽지 말라는 김포댁의 말이다. 나는 김세원을 차로 태워 읍내 터미널로 왔다. 우리는 차에서 내렸다.

"어떻게 가는지는 알아요?"

"아무 버스나 타고 전철역이 있는 곳으로 가면 됩니다."

나는 스마트폰을 꺼내 은행 앱을 열었다. 죽으려고 했으니 수중에 아무것도 없을 것이다.

"계좌번호 하나 불러봐요."

"무슨 소리세요?"

"재료 살 돈이 있어야 다시 시작할 거 아니에요! 500이면 될 겁니다."

멍한 표정을 짓던 김세원이 갑자기 바닥에 바짝 엎드렸다.

"고맙습니다. 정말 고맙습니다."

"아이들 때문에 빌려주는 거니까, 정신 차리고 고로케 잘 만들어요."

김세원의 어깨가 들썩거렸다.

"이제 그만 일어나요."

난 김세원의 팔을 잡고 일으켰다.

"이렇게 고마우신 분을 만나다니, 제가 여기로 온 것은 하늘의 뜻이었나 봅니다."

"쓸데없는 소리. 어서 계좌번호 불러요."

나는 김세원이 불러주는 계좌에 돈을 송금했다.

"제빵 신 안창석 님은 나쁜 놈들의 어떤 계략에 빠진 거였죠?"

계략에 빠졌다면 빠졌지만, 모두 내 욕심이 불러온 것은 맞다.

"아니, 모두 내 욕심 때문인 거지. 욕심을 조심해요."

김세원은 다시 고개를 숙이고 돌아서서 터미널로 걸어갔다. 굽은 어깨는 어느새 펴져 있었다. 나는 전화번호조차 받지 않았다.

제빵 신 시절 돈을 투자해달라고 줄기차게도 찾아왔다. 난 사기를 몇 번 당한 후 절대 돈을 빌려주지 않았다. 친척과 친구들도 돈을 빌리고는 연락이 없다. 지금은 쫄딱 망한 줄 알고 아무도 연락이 없다.

하지만 내 마음은 김세원에게 돈을 빌려주라고 강렬히 말했다. 김세원은 돈은 갚을까? 돈을 갚으려면 김세원 스스로 찾아와야 한다. 그날이 오려면 김세원이 어느 정도 자리를 잡아야 할 것이다. 난 그날이 어서 오기를 바랐다.

스승님이 말하는 사람을 살리는 빵을 만들려고 했기에 마음 안쪽부터 변하고 있음을 알았다.

"젠장, 내가 왜 이러지? 막걸리나 마셔야겠다."

나는 막걸리를 사기 위해 터미널 옆 풍물시장으로 발걸음을 옮겼다.

반미, 레표시카, 판데살

8월의 마지막 날, 건넌방에서 눈을 떴다. 8월은 한여름이지만, 제빵소 간이침대에서 자기에는 추웠다. 새벽에는 오한이 들어 콧물을 훌쩍였다.

"광복절만 지나면 밖에서 잘 수 없어. 특히 노인들은 말이지."

김포댁이 나에게 노인이라고 했지만, 나를 위해서 한 말이니 눈감고 참았다. 손라라는 이제는 나를 건넌방으로 들어와서 자라고 했다. 물론 화장실 사용에 대한 복잡한 규칙이 있지만 말이다. 나는 대충 샤워하고 제빵소로 나갔다.

김세원이 다녀간 후 손라라의 기상 시간은 더 빨라졌다. 안채에서 제빵소로 나오니 그녀가 팥을 끓이고 있었다. 그녀는 시간을 내서 팥을 끓이기 시작했다. 팥을 연구한다나?

"라라 양, 팥은 국산 토종 팥이 최고야. 수입산에는 탄닌과 조탄닌이 많아서 텁텁한 맛을 지울 수 없어. 괜히 내가 비싼 팥을 쓰는 게 아니야."

"알아요. 하지만 과학으로 해결할 수도 있어요. 수입산을 쓰면 가격이 파티셰님이 쓰는 팥의 반값이라고요."

"누가 돈 걱정 하래?"

"그게 아니에요. 저도 빵에 대해 연구하고 싶다고요."

"쓸데없는 연구하지 말고 바게트나 연구해보든가. 바게트 만들면 분명 샌드위치 가게에서 납품하라고 할걸?"

손라라는 노트북으로 검색하면서 연구하기도 하고, 팥을 삶고, 찬물에 담가두기도 하고 스포이트로 팥물을 채취하기도 했다. 제과 연구소에서 하던 일을 하는 것 같았다.

"과학자 나셨네. 빵은 마음과 정성으로 만드는 거야."

"파티셰! 쫌!"

"알았어."

오후 세 시가 지났을 무렵 손님도 없어 나와 김포댁이 테이블에 앉아 꾸벅꾸벅 졸 때, 출입문의 방울 소리가 들렸다. 특이한 손님들이 찾아왔다. 여섯 명의 여자가 들어왔는데 피부색도 생김새도 조금씩 달랐다. 김포댁이 그녀들을 보고 말했다.

"외국인 며느리들이네."

여기 강화도도 시골이다. 멀리 타국에서 이곳까지 결혼해서 온 것이다. 생김새가 다른 것이 여러 나라 사람이 모인 것 같았다. 다섯 명은 자리에 앉고, 리더인 것 같은 여자가 앞으로 나왔다. 여자는 띄엄띄엄 말했다. 외국인 특유의 억양이다.

"안녕, 하세요. 영업, 하죠?"

손라라는 차분히 응대했다.

"네, 어서 오세요."

"냉커피, 있죠?"

"네, 있습니다."

"여섯 잔, 주세요. 그리고 빵, 주세요."

여자는 주머니 속에서 만 원짜리 두 장을 꺼내 내밀었다.

"나머지, 빵 줘요."

"커피 여섯 잔에 1만 2천 원입니다. 거스름돈 8천 원으로 빵을 달라는 말씀이죠?"

여자는 고개를 끄덕였다.

"자리에 가 계시면 커피와 같이 가져다드릴게요."

손라라는 계산하고 김포댁을 돌아보았다.

"들으셨죠?"

김포댁은 손가락으로 오케이 모양을 만들고 커피를 만들기 시작했다. 손라라는 쟁반에 캄파뉴 한 개, 식빵 한 개를 놓고 빵 앞에서 고민하더니 단팥빵, 슈크림빵, 소보로빵을 2개씩 가져왔다.

"파티셰님, 빵 두 개 값은 제가 채워넣을게요."

"나 그렇게 인정머리 없는 사람 아니야."

손라라는 캄파뉴를 썰고, 식빵을 썰었다. 마침 김포댁도 커피를 완성하여 쟁반을 가져왔다.

"라라야, 같이 가자."

김포댁과 손라라는 쟁반을 외국인 여성들의 테이블에 내려놨다. 김포댁은 호기심이 발동하는지 내게 눈짓을 보냈다. 옆 테이블에 앉아서 이야기를 들어보자는 것 같았다. 나는 손라라 몰래 고개를 살짝 끄덕였다.

손라라는 다시 팥을 연구하려는 듯 노트북을 들여다봤다. 김포댁은 안채로 들어가더니 멸치와 콩나물을 가지고 나왔다.

"손님이 오늘따라 왜 이렇게 없누? 이거나 손질해야겠다. 빠띠새도 할 일 없으면 도와줘."

"제가 왜 할 일이 없어요. 바쁘지만 돕겠습니다."

우리는 테이블에 앉아 여성들의 이야기를 엿들었다. 나는 멸치 똥을 떼어 냈고, 김포댁은 콩나물을 다듬었다. 여성들은 자기 나라 말을 하기도 했지만, 전체적으로 말할 때는 한국말을 사용했다. 김포댁은 내게 작게 속삭였다.

"맞네. 외국인 며느리들이야."

"외국인 며느리 모임을 하나 봐요."

"쯧쯧쯧, 집에는 말하고 나왔나? 시어머니들 내팽개치고 나왔구먼."

"말도 잘 안 통하는데 얼마나 괴롭겠어요? 저렇게라도 같은 처지의 사람들과 의지해야지."

김포댁이 올라간 눈썹으로 나를 노려봤다. 무서운 삼백안이다. 눈동자 크기까지 조절하는 능력이 있었던가?

"머리만 떼면 어떡해? 똥도 떼야지. 이런 것도 모르면서 어떻게 제빵 신이 된 거야?"

"다시 한번 말씀드리지만, 내가 김포댁 아주머니의 고용주입니다."

"똥이나 떼."

여성들을 자세히 관찰하니 비슷하게 생긴 두 사람씩 마주 보고 앉아 있었다. 두 명은 검은 머리지만 서양 느낌이 났다. 중앙아시아 사람들 같았다. 그리고 네 명은 동남아시아 느낌이 났는데 그중 둘은 피부색이 어두웠고, 둘은 그들보다 밝았다. 둘, 둘, 둘 짝이 맞았다. 갑자기 김포댁의 둘둘둘 커피가 생각나더니, 피식하고 웃음이 나왔다.

"왜 웃어?"

"안 웃었어요."

"지금도 웃고 있잖아."

"원래 표정입니다."

"빠띠새 원래 표정은 썩은 동태거든?"

그때 중앙아시아 사람이 캄파뉴를 맛보고 자기 나라 언어로 서로 말하더니 눈물을 흘렸다. 옆의 여성이 물었다.

"아모나, 왜, 울어?"

"이 빵 우즈베크, 빵 생각나서 그래. 레표시카야."

대화로 보건대 아모나라 불린 여성은 우즈베키스탄 사람이다. 아모나가 먹은 빵은 캄파뉴인데, 레표시카라고 불렀다. 나는 스마트폰을 꺼내 레표시카를 검색했다. 레표시카는 우즈베키스탄 전통 빵으로 크기가 크고 화덕에서 구워낸다. 모양은 비슷해 보였다.

"나도 고향 빵 먹고 싶어."

동남아 여성이 눈물을 흘리자, 모두 자기 나라가 그립다며 울음을 터뜨렸다. 갑자기 울음바다가 되자 김포댁도 그녀들이 불쌍한지 나를 보았다.

"빠띠새, 고향 빵을 먹고 싶어 하는 것 같은데 만들어줄 수 없어?"

"제가 무슨 빵 자판기입니까? 말하면 뚝딱 나오게."

"제빵 신이 그것도 못 만들어?"

"몰라요! 이름도 모르는 외국 빵을 어떻게 만들어요?"

"매정하긴."

"안 되겠어요! 이제부터 사장님이라고 부르세요."

김포댁은 콩나물을 다 손질했는지 손을 탁탁 털고 일어서서 그녀들에게 갔다.

"김포댁 아주머니. 어디 가요?"

김포댁은 미소를 가득 품고 그녀들에게 인사했다.

"며느리들 안녕."

모두 의아한 눈빛으로 김포댁을 봤다.

"그 커피 내가 만들었어. 입맛에는 좀 맞아?"

리더인 듯한 여성이 말했다.

"무슨, 일, 이세요?"

"옆에서 들었어. 모두 고향 빵 먹고 싶지?"

그들은 서로 눈을 마주치더니 고개를 끄덕였다.

"자, 지금부터 자기소개를 하는 거야. 이름과 나라, 그리고 먹고
싶은 빵 이름을 말해."

여성들은 서로 눈치를 보다 리더 여성이 말을 시작했다.

"저는 비엣남, 응이, 입니다. 비엣남 반미 먹고 싶어요."

나는 스마트폰의 녹음 기능을 켜고 그녀들의 말에 집중했다. 김
포댁이 나를 돌아보았다.

"빠띠새. 비엣남이 어느 나라야?"

비엣남은 처음 듣는 나라다.

"글쎄요."

그때 손라라가 다가왔다.

"베트남이잖아요."

응이가 고개를 끄덕였다.

"맞아요, 베트남."

"빠띠새, 들었지?"

"근데 지금 뭣들 하시는 거예요?"

손라라도 궁금한지 물었다.

"라라 양, 잘 들어봐."

여성들은 차례차례 자기 소개를 했다. 우즈베키스탄, 필리핀, 베트남의 세 나라에서 왔다고 했다.

우즈베키스탄 여성은 아모나와 슈크로나로, 먹고 싶은 빵은 레표시카라는 빵을 말했다. 필리핀 여성은 자넷과 조이로 먹고 싶은 빵은 판데살이라는 빵이다. 베트남 여성은 응이와 티로, 반미 샌드위치가 먹고 싶다고 했다.

"빠띠새, 알아들었어?"

"우즈베크는 레표시카, 필리핀은 판데살, 베트남은 반미 샌드위치, 맞죠?"

내가 말하자 여성들이 고개를 끄덕였다. 김포댁이 내 얼굴 아래 손바닥을 올렸다.

"이분이 산도둑처럼 생겼어도 대한민국 최고의 빵쟁이야."

여성들이 김포댁의 어쭙잖은 농담에 웃었다.

"파티셰님 진짜 만들 거예요?"

옆에서 손라라가 물었다. 아까 대충 검색해보니 안산에 우즈베크 사람이 레표시카를 만드는 가게가 있었다. 거기 가서 배우면 금방 구현할 수 있을 것 같았다.

빵을 배우러 간다고 하려니 왠지 민망했다.

"아니, 빵은 네가 만들 거다."

"엥?"

"시험이야. 한번 연구해서 만들어 봐."

"저는 팥을 연구해야 한다고요. 파티셰가 만드세요."

"나는 출장가야 해."

"갑자기 출장이요?"

"서울에 가서 처리할 일이 생겼어. 며칠 걸릴 거야."

"그래도…."

나는 김포댁의 옆구리를 찔렀다. 나를 도우라는 뜻이었다.

"라라야. 이역만리 타국에 온 며느리들이 얼마나 불쌍하냐? 고향 빵이라도 먹어야 한국의 삶도 이겨낼 수 있을 것 아니냐?"

손라라는 난감한 표정을 지었지만, 여섯 명의 외국인 여성들의 간절한 눈빛을 보면 거부하지 못할 것이다. 거부하지 못하면 긍정이다. 나는 여성들을 보며 말했다.

"자, 며느리 여러분. 빵 좀 더 먹을래요?"

웅이가 고개를 가로저었다.

"우리, 장 봐야 해요. 돈 없어."

나는 손라라를 돌아보았다.

"라라 양, 돈이 없다는데?"

"으이구, 내가 못 살아."

손라라는 여성들의 테이블에 있는 빈 쟁반을 가지고 빵 진열대로 가서 빵을 담았다. 김포댁은 슬며시 빈자리에 앉았다.

"이건 무슨 모임이야?"

나도 은근슬쩍 마지막 남은 자리에 앉았다. 응이가 김포댁을 보며 대꾸했다.

"우리, 같은 동네, 며느리들, 입니다. 장 보러, 왔습니다."

"어디 동네야?"

"오두리, 입니다."

"오두리면 광성보 있는 곳인데 어떻게 갈 거야?"

"자넷, 남푠, 데리러 와요."

궁금증이 많은 김포댁이 꼬치꼬치 캐물었지만 서비스 빵 때문인지, 김포댁 특유의 친근함 때문인지 여성들은 잘 대답했다.

김포댁 때문에 알아낸 정보로는 여성들은 오두리의 며느리들이었다. 힘든 타국 생활을 이겨보자고 모임을 만들었고, 한 달에 한 번 자유의 시간을 받았다는 것이다. 물로 장을 보는 업무도 있지만 말이다.

이제 본격적인 벼 수확 철이 오면 바빠지겠지만, 벼 수확만 끝나면 규칙적인 모임을 할 수 있다고 했다.

"김포댁 아주머니, 보통 언제 추수하죠?"

"10월 말쯤이지, 아마."

지금은 8월 말이다. 한 달이면 타국의 빵을 구현할 수 있을 것이다. 나는 팥 연구를 하고 있는 손라라에게 소리쳤다.

"라라 양, 한 달 후면 빵 만들 수 있겠어?"

손라라는 고개를 절레절레 가로 젓더니 계속 컴퓨터를 보았다. 거부하지 않았으니 동의한 거겠지?

"한 달 후 10월 1일에 여기로 오면 고향 빵을 먹을 수 있게 해줄게요."

"진짜?"

김포댁이 자신의 가슴을 빵빵 쳤다.

"당연하지. 10월 1일에 다음 모임 해. 여기 라라제빵소로 와."

"감사, 합니다."

"빵은 라라 양이 만들 텐데 왜 김포댁 아주머니가 생색을 내세요?"

"며느리들, 나도 특제 커피를 준비할게."

모두 기대에 찬 눈빛으로 대답했다.

그렇게 여성들은 장을 보기 위해 갔다. 손라라는 타국 빵을 만드는 것을 인지했는지 안 했는지 팥 연구에만 매달렸다. 그날 장사를 마치고 김포댁도 퇴근하고 정리도 마쳤는데 그녀는 들어갈 생각을 하지 않았다.

"안 들어가?"

"오늘은 먼저 들어가세요. 조금 더 연구할게요."

"그래, 그럼."

나는 들어와 씻고, 캔 맥주를 한 캔 마셨다. 그리고 유튜브로 외국 빵 만드는 법을 봤다. 유튜브 세상에는 없는 것이 없었다. 반미 샌드위치와 레표시카는 한국에 가게가 있었다. 필리핀의 판데살 가게는 없었지만, 만드는 방법이 나와 있었다. 조금만 연구하면 구현할 수 있을 것이다.

나는 출장을 핑계로 이 가게들에 가서 빵 만드는 법을 배울 것이다. 그리고 손라라에게 진정한 제빵사가 되려면 이 정도의 노력은 해야 한다고 가르쳐줄 것이다. 그럼, 손라라와 김포댁이 나를 우러러보겠지?

"푸풋."

나는 입을 막았다. 웃음이 나온 것에 본능적으로 반응한 것이다.

'왜 입을 막아? 죄졌어?'

제빵 신일 때는 감정을 철저히 통제했다. 사람들 앞에서 가식적인 미소를 보여야 했고, 직원들이나 업체 사람들에게는 인상을 써야 했다. 가식적인 미소를 지을 때도 속마음은 부정적이었다.

나는 여기 라라제빵소가 좋았다. 진심으로 웃음이 나왔다. 뽀글뽀글 파마머리의 김포댁도 재밌고, 시크한 듯 자기 일을 하는 손라라도 좋았다.

아무래도 서울에 가서 여의도 아파트를 내놔야겠다. 라라제빵소 근처에 땅을 사고 집을 짓기에는 충분할 것이다.

제빵소에서 소리가 들렸다. 손라라가 늦은 시간까지 뭔가 하고 있었지만, 일류 제빵사가 되려면 그런 고생도 해봐야 한다. 나는 다시 즐거운 상상을 하며 잠에 빠져들었다.

다음날이 왔다. 간단하게 샤워 후 제빵소로 나갔다. 손라라는 벌써 화덕에 불을 지피고 있었다. 그녀의 얼굴과 머리카락에 밀가루가 묻어 있었다.

"뭐 만들었어?"

"5분만 기다려주세요."

손라라는 화덕을 보고 있었다. 뭔가 굽고 있는 것 같았다. 잠시 후 화덕을 열고 빵을 꺼냈다. 단팥빵이었다.

"저기 앉으세요."

자리에 앉자 쟁반을 가져왔다. 쟁반 위에는 방금 화덕에서 꺼낸 단팥빵 외에 슈크림빵과 소보로빵도 있었다.

"이 정도면 파티셰님 빵을 구현했다고 할 수 있을까요?"

손라라의 눈은 퀭하게 들어갔지만 강렬한 빛을 발하고 있었다.

"밤샜니?"

"어서 맛보세요. 스승님으로서 평가해주세요."

"원한다면…."

현재까지 손라라는 자력으로 식빵과 캄파뉴만 만들 수 있다. 장사를 시작할 때까지 혼자 모든 것을 만들 수 없기에 내가 단팥 소와 슈크림빵 그리고 소보로빵 반죽을 만들었다. 그런데 언제 이런 것까지 연구했지?

먼저 단팥빵이다. 나는 빵을 들어 냄새를 맡았다. 은은한 참나무 향과 솔향이 전해졌다. 평소대로 잘 구웠다. 단팥빵을 반으로 잘라서 가득 들어있는 팥을 봤다.

"약간의 층이 생겼어. 수분을 더 없애야 해."

"네."

나는 팥만 긁어먹었다. 깊은 단맛이 전해졌다. 마지막 떫은맛을 느끼기 위해 눈을 감고 감각을 끌어올렸다. 탄닌의 맛이 느껴졌다. 나는 단팥빵을 한입 크게 베어 물었다. 빵과 같이 씹을 때 이 정도면 나무랄 정도가 아니다.

"혹시 토종 팥을 사용했니?"

"아니요. 수입산을 사용했어요. 중국산보다 더 싼 베트남산 팥을 썼죠."

"그럴 리 없어. 수입산은 탄닌과 조탄닌이 많아 떫은맛이 많이 느껴질 텐데…."

손라라는 뭔가가 인쇄된 종이 한 장을 내밀었다. 복잡한 그래프와 표가 그려져 있었다.

"파티셰의 팥과 제가 연구를 완료한 팥의 탄닌, 조탄닌, 사포닌 양을 성분 분석한 표입니다."

"쉽게 설명해 봐."

"토종 팥과 제가 만든 팥의 탄닌, 조탄닌, 사포닌의 양, 즉 떫은 맛이 크게 다르지 않다는 결과죠."

그 의미는 내가 지금 먹은 빵처럼 수입산 팥으로도 토종 팥과 같은 단팥빵을 만들 수 있다는 말이다.

"어떻게 한 거지?"

"먼저 팥을 씻었습니다. 이 단계에서는 크게 변화가 없습니다. 다음 100도 온수에서 30분간 찌고, 20도 물에 2시간 동안 침지합니다. 이때 쓴맛을 느끼는 탄닌, 조탄닌, 사포닌이 찬물에 추출됩니다. 이것을 6회 실시합니다."

"잠깐! 6회라고?"

"네."

찬물에 2시간을 담궈 추출하는 과정을 6회 한다. 귀찮은 일이기도 하지만 총 12시간의 긴 과정이다. 어제 손라라는 밤을 새서 단팥빵을 만든 것이다.

"계속할까요? 그다음 2차 증숙 과정을 거치면 드신 것과 같은 단팥 소를 만들 수 있습니다."

토종 팥은 처음 들어있는 탄닌, 조탄닌, 사포닌이 소량이어서 한 번만 씻어내도 된다. 제과 연구소에서 일했다고 하더니, 과학으로 수입산 팥을 토종 팥과 같게 만든 것이다. 인정하지 않을 수 없었다.

"네 과학의 승리다. 슈크림빵과 소로보빵은 안 먹어봐도 될 것 같다."

"부탁이 있습니다."

그래, 뭔가 있을 줄 알았다.

"저는 회사에서 휴직이 아니라 사직하겠습니다. 본격적으로 라라제빵소를 운영하려고 합니다."

"그래서?"

"제빵 신의 빵을 가르쳐주세요."

"그건 기본기를 쌓은 후에…."

손라라는 손수 자신의 기본기를 눈앞에서 보였다. 기본기 습득을 핑계로 차일피일 미뤄왔지만 제빵 신의 빵은 파멸로 갈 수도 있다. 그녀가 그런 길을 걷는 것을 나는 원치 않는다.

"여기 강화에서 그런 고급 빵이 통할 것 같아?"

"주말에 외부 손님들이 많이 옵니다. 읍내에 빵을 파는 커피 전문점들이 많이 생겼어요. 강화의 바다가 보이는 곳마다 모두 카페가 생겼지요."

나도 알고 있는 사실이다. 바다가 보이는 커피 전문점에는 만원에 달하는 빵이 있지만 불티나게 팔리고 있었다. 시내에서 5~6천 원이면 적당한 빵이 바다 프리미엄이 붙은 것이다.

"라라 양, 돈을 벌고 싶은 건가?"

손라라는 고개를 가로저었다.

"내가 만든 빵을 먹고 기뻐하는 사람들을 보고 싶어요."

일단 돈이 목적이 아니어서 다행이었다.

"하지만 돈을 무시할 수 없어. 이렇게 작은 가게에서는 수익을 내기 어려울 거야."

"리모델링해야죠. 이 안채까지 모두 사용하면 충분히 넓을 거예요."

맞다. 안채는 과도하게 넓다. 모두 손님 받는 홀로 리모델링하면 상당한 평수가 나올 것이다.

"리모델링할 돈은 있고?"

손라라는 대답이 없었다. 돈은 없는 것이다. 그럼, 대출해야 하고, 제빵소가 생각처럼 잘되지 않으면 이자를 내다가 건물을 팔아야 할 것이다. 아무리 봐도 승산이 없었다. 동네 노인들은 절대로 5천~6천 원 하는 빵을 사 먹지 않을 것이다. 그리고 외부 사람들은 인테리어를 깔끔히 한 바다 전망 카페를 갈 것이다.

"실패가 눈에 훤히 보이는데 나보고 허락하라고?"

"제빵 신의 빵으로도 실패해요? 파티셰님도 자신 없는 거예요?"

"빵은 자신 있어!"

자신 있다고 소리쳤지만, 요즘은 빵으로만 승부하는 시대가 아니다. 나라면, 내가 손라라의 상황이라면 지금 상황을 유지할 것이다. 오래된 빵집 설정과 옛날 빵으로 가는 것이 맞다.

"파티셰님, 라라제빵소 길 건너에 건물 허물고 공사 시작한 것 보셨죠?"

거기에 허름한 기와집이 있었는데 건물을 허물고 바닥 공사를 시작했다. 못해도 3층 건물을 올릴 것 같은 공사였다.

"그래. 그게 뭔데?"

"소문에는 서울의 제빵 명장이 빵집을 만든다고 하더라고요."

나는 벌떡 일어나 손라라에게 소리쳤다.

"뭐? 누구? 제빵 명장 누구?"

"왜 그러세요? 진정하세요."

본능이 나를 흥분하게 했다. 머릿속을 휘몰아치는 감정이 생성되었다. 나는 심호흡을 하고 의자에 다시 앉았다.

"잠시 흥분했네. 앉아봐."

손라라는 맞은편으로 가서 의자를 빼고 앉았다.

"누군지는 모르고?"

제빵 명장 타이틀만 붙이면 서울 어디서 빵집을 차려도 장사가 잘될 것이다. 하지만 왜 여기 시골로 왔지? 그보다 바다 전망도 아닌 읍내에서 15분이나 들어 와야 하는 이곳에 제빵 명장이 빵집을 차릴 이유나 명분이 전혀 없었다.

이건 절대 우연이 아니다. 오른쪽 손목이 갑자기 저렸다. 손을 들어보니 덜덜 떨렸다. 이건 분명 신호다. 제빵 명장 1호 명심당 스승님은 나보고 절대로 빵을 만들지 말라고 했었다. 그런데 어떻게 알았는지 내가 빵을 만드는 것을 알고 날 말려 죽이러 온 것이다.

"혹시 새로 차리려는 빵집 이름이 명심당 아니니?"

"비슷한 것 같아요. 세 글자였고, 무슨 당이었던 것 같은데."

분명히 제빵 기능장을 파견해 명심당 분점을 만드는 것이다. 라라제빵소 앞에 고급 빵집을 만들어 모든 손님을 빼앗아 가려는 것이다. 경쟁은 곧 죽음이다.

"본격적으로 빵을 만든다고? 제빵 명장의 빵을 어떻게 이길 생각이지?"

"파티셰님은 제빵 명장 중 최고인 제빵 신으로 불렸잖아요."

"그건 모두 박탈됐어."

"실력이 박탈된 것은 아니잖아요."

손목이 욱신거렸다.

"내 실력도 없어졌어."

"아니요. 파티셰님은 단팥빵으로 신 씨 아저씨를 살렸고, 고로케로 김세원 제빵사도 살렸어요. 그리고 실연의 슬픔에 빠진 저도 살리고, 김포댁 아주머니도 살렸어요."

갑자기 칭찬을 받으니 어깨가 올라가려 했다. 하지만 무모한 싸움은 안 된다. 저들은 유튜버고 방송이고 나를 무너뜨리기 위해 뭐든 사용할 것이다.

"내 말 잘 들어. 나 진지하다."

"말씀하세요."

"라라 양, 자네는 기본기가 더 필요해. 하지만 무조건 안 된다고 하지는 않겠어. 나와 빵 승부를 겨루자. 한 달 후 외국인 며느리들에게 빵을 만들어주고 평가를 받는 거야."

"그 우즈베키스탄, 필리핀, 베트남 빵 말씀이죠?"

"그래, 누가 만든 건지 모르는 상태에서 외국인 며느리들이 평가하는 거지. 공정한 승부가 되지 않겠니? 라라 양이 이기면 기본기를 인정할게."

"좋아요. 딴말하기 없기예요. 제가 이기면 제빵 신의 빵을 가르쳐 주는 거예요."

"좋아. 라라 양도 딴소리하기 없기야. 내가 이기면 리모델링은 하지 않고 지금 이대로 기본기를 더 익혀야 해."

손라라는 밤을 새워 피곤할 텐데도 눈에 광채가 더 빛났다.

"하나 더요."

"뭐?"

"호칭을 바꿔주세요. 저도 이제 빵을 만드는 제빵사인데 라라 양이 뭐예요?"

"좋아."

손라라의 입꼬리가 올라갔다.

후후후, 단팥빵 연구로 자신감이 올라갔나 본데, 난 그 나라 사람이 운영하는 가게에 가서 직접 배울 거라고.

"근데 라라 양, 나 서울에 가서 정리할 문제가 있는데…."

"그래요? 잘됐네요. 저도 이번 기회에 회사 사표 내고 인수인계하고 오겠습니다. 대결할 때까지 라라제빵소는 쉬기로 하죠."

"그래그래. 그런데 회사를 그렇게 쉽게 관둬도 되겠어?"

손라라는 씨익 웃었다.

"빵 연구하고 만드는 것이 재밌어졌어요."

"그건 좋군."

"그나저나 파티셰님. 식빵, 캄파뉴 모두 만들어놨는데 오전만 자도 될까요?"

"그래그래. 어서 들어가 쉬어. 김포댁 아주머니 오시면 장사는 우리가 할게."

손라라가 들어가자 교대라도 하듯 김포댁이 제빵소로 들어왔다.

"뭐야? 벌써 장사 준비 마친 거야?"

"라라 양이 밤을 새워서 만들었어요."

"밥 먹어야지?"

"전 괜찮아요.

김포댁이 안채에 들어가 밥을 차린다고 소란을 떨면 손라라가 충분히 쉬지 못할 것이다. 그리고 무엇보다 길 건너에 생기는 빵집 문제로 입맛이 없었다.

"그것보다 김포댁 아주머니. 잠깐 이리로 앉아보세요."

"왜 그래? 불안하게."

"길 건너편에 건물 짓던데요."

"외지인이 샀겠지. 노인들 죽을 때 됐는데 자식들이 시골에 들어오려고 하지 않으니 팔아야지 어쩌겠어."

"누가 샀을까요? 건물 짓는 사람 이름을 알 수 있을까요?"

내가 너무 들이댔을까, 김포댁은 몸을 멀리했다.

"왜 그래? 무슨 일인데?"

"강화의 마당발 김포댁 아주머니라면 부동산에서 매수자를 알 수 있지 않겠어요?"

"나를 얕보는 거야? 군청에서 알아볼 수도 있어. 건물 지으려면 군청에서 허가받았을 것 아니야?"

"역시 대단합니다."

"그런데 왜 그런 거야?"

"저를 이렇게 만든 제빵 명장 스승이 있다고 했잖아요."

김포댁은 나의 이야기를 기억하는 것 같았다.

"그랬지."

"라라 양 말로는 서울의 제빵 명장이 빵집을 차린다고 했대요."

"그러니까 그 스승이 길 건너에 빵집을 차린다는 거잖아?"

"네."

김포댁은 입술을 꽉 깨물더니 손뼉을 세차게 쳤다.

"좋아. 복수하자!"

"그런 문제가 아니에요."

"싸우자! 내가 도울게."

"잠깐, 저는 안 싸울 거예요."

"왜?"

"저는 괜찮지만, 라라 양이 걱정돼서요. 빵 맛으로만 승부하는 시대가 아니에요. 만약 그 스승님이 맞다면 방송과 유튜브 등으로 공격해올 거예요. 절대 이길 수 없는 게임입니다."

"그럼 어쩌자는 건데?"

"조용히 상대방의 도발에 흥분하지 않고 그저 지금처럼 라라제 빵소를 운영하면 됩니다."

"그럼, 그냥 하면 되지."

"라라 양이 본격적인 제빵사가 되고 싶어 해요. 제빵 신의 빵을 가르쳐달라고 합니다."

"안 가르쳐주면 되잖아."

"이 빵들을 보세요."

나는 테이블 위에 있는 쟁반을 김포댁 쪽으로 밀었다. 쟁반에는 손라라가 만든 단팥빵, 슈크림빵, 소보로빵이 있었다.

"이건 라라 양이 혼자 만든 거예요."

김포댁이 단팥빵을 한입 깨물어 먹었다.

"잘 만들었네. 빠띠새 단팥빵처럼 은은한 향수를 부르는 맛이야."

"그거 수입산 팥으로 만든 거예요. 라라 양은 보통이 아니에요. 혼자라도 빵집을 운영하려고 하고 있어요. 여기 안채를 허물고 리모델링하겠대요."

"나는 라라를 응원하고 싶은데."

물론 나도 응원하고 싶다. 하지만 상황이 달라졌다. 앞에 거대한 적이 나타났다. 물론 그 적의 목표는 나지만. 내가 몸담은 라라 제빵소도 그냥 둘 리 없다. 김포댁을 내 편으로 만들어야 한다.

"절대 안 돼요. 리모델링하면 전 머물 곳이 없고, 제가 고용하는 김포댁 아주머니도 일을 잃는 거라고요. 월급 계속 받아야죠?"

"이해가 팍 되네요, 사장님."

"저 장난하는 거 아니에요."

"알겠어. 먼저 건너편 짓는 건물에 대해 알아보면 되는 거지?"

나는 고개를 끄덕였다.

"그리고 저 서울에 일이 있어 2주쯤 다녀올 거예요. 라라 양도 마찬가지로 서울 직장을 정리하고요."

"나 혼자 있으라고?"

"김포댁 아주머니도 잠시 쉬세요. 남편이랑 여행이라도 다녀오시던가요."

"아무튼 알았어."

이튿날 나는 서울의 집으로 떠났다. 일단 여의도 아파트를 내놨다. 멋모르고 사둔 작은 아파트의 호가가 15억이었다. 부동산 경기가 좋지 않지만, 서울의 아파트고 급매로 2억 낮추니 보러오는 사람이 많았다. 곧 팔릴 테고, 그 돈으로 강화에서 살 집을 마련하고 또 여러모로 쓸 수 있을 것이다.

김포댁에게 연락이 왔다. 수완이 좋은지 새로 짓는 건물에 대해 탐정이라도 된 듯 자세한 사항을 알아냈다.

"건물주는 명심당 그룹이 맞아."

개인이 아닌 사업자로 허가를 낸 것이다. 건물은 3층짜리 건물로 허가를 위해 돈을 좀 썼단다. 연면적 120평, 대지면적 70평, 건축면적 40평으로, 총비용은 16억 5천만 원이 들었고, 근저당이 8억 잡혀 있다고 보고했다.

"이런 자세한 것까지 어떻게 알아냈어요?"

"여긴 시골이야. 시골에는 시골의 법도가 있다고."

"불법은 아니죠?"

"글쎄, 모두 그렇게들 하니까 합법이 아닐까?"

그럴 리 없다. 큰 죄를 짓는 것은 아니지만 이제 법을 어기는 일을 하고 싶지 않다.

"빠띠새, 뭐 더 알아다 줘?"

"아니요. 이제 됐습니다. 충분해요."

"언제 돌아올 거야?"

"서울 집이 곧 팔릴 거예요. 그래도 남은 일이 있으니 2주는 걸릴 겁니다."

"알았어. 빨리 와. 심심하니까."

"제가 심심풀이 땅콩은 아니지 않습니까?"

"그런 농담은 재미없어."

"라라 양은 왔어요?"

"연락도 없어. 잘 있겠지."

"그래요. 나중에 봅시다."

나는 먼저 레표시카를 배우기 위해 경기도 안산으로 갔다. 레표시카는 우즈베키스탄의 전통 빵이다. 가게 문을 열고 들어가자 고소한 빵 냄새가 콧속으로 전해졌다. 회오리 모양과 가운데 국화 모양이 찍힌 커다란 빵이다. 적혈구 모양처럼 가운데가 들어간 레표시카는 지름이 20센티미터는 되는 것 같았다. 사장으로 보이는 청년에게 물었다.

"하나에 얼맙니까?"

"2천 원이에요."

이렇게 큰 빵이 2천 원이라니 남는 게 있을까 하는 생각이 들었다. 나는 커다란 레표시카 빵을 하나 들고 냄새를 맡았다. 달큰하고 고소한 냄새가 전해졌다. 우유 냄새다. 겉에 우유를 바른 것이다. 달큰한 향은 아마도… 꿀.

빵을 반으로 갈랐다. 겉은 딱딱했지만, 속은 부드러웠다. 커다란 베이글 같았다. 특별히 맛있는 빵은 아니지만, 우즈베키스탄에서는 주식으로 먹는다고 하니 무난한 맛이었다.

빵을 만드는 청년이 나의 행동이 이상한지 커다란 눈으로 날 바라보고 있었다.

"어느 나라 사람이세요?"

"우즈베키스탄 사람입니다."

"이 레표시카는 우즈베크 전통 빵이죠?"

"맞아요."

계속 엉뚱한 질문을 한다고 생각하는지 남자는 경계의 눈빛으로 나를 봤다. 나는 애써 씨익 웃었다.

"난 강화도에서 라라제빵소를 운영하고 있어요. 강화도를 아시나요?"

남자는 고개를 절레절레 흔들었다.

"강화도는 섬이에요. 다리가 놓여 있지만 시골이지요. 나는 레표시카 만드는 법을 배우고 싶어서 왔어요."

"레표시카 장사 하려고요?"

"후후, 아뇨. 강화도에 우즈베키스탄 사람들이 있어요. 한국으로 시집 온 사람들이죠."

남자는 사정을 알겠다는 듯 고개를 끄덕였다.

"얼마나 고향이 그립겠어요? 난 빵으로나마 고향의 기억을 주고 싶어요."

청년은 나의 눈을 바라보았다. 진위를 파악하는 것이리라.

"그분들 이름은 아모나와 슈크로나예요. 맛있는 레표시카를 맛보게 도와주세요."

"좋아요."

여성들의 이름을 말하자 청년은 고개를 끄덕였다.

"고맙습니다."

"빵 가게를 하신다고요?"

"네."

"그럼 반죽이나 기본은 아실 거고…."

"만드는 과정을 한번 보여주면 알 수 있을 겁니다. 모르는 것은 그때그때 질문할게요."

청년은 고개를 끄덕이고 밀가루 반죽을 시작했다. 일반적인 캄파뉴 반죽과 크게 다르지 않았다. 반죽을 1차 발효 후 크게 떼어 냈다.

"잠깐, 반죽이 큰데 무게가 어떻게 됩니까?"

"저는 360그램을 써요."

청년은 반죽을 들어 공굴리기했다. 절단면을 안쪽으로 말아 넣는 과정에서 병아리가 삐악거리는 소리가 났다. 청년이 웃으면서 말했다.

"재밌는 소리죠? 이 소리가 반드시 나야 해요."

"1차 발효된 공기가 빠지는 소리군요."

"정말 빵 만드는 사람이 맞군요."

청년은 따듯해 보이는 담요가 깔린 곳에 커다란 찐빵 같은 반죽을 올렸다. 2차 발효를 하는 것이다. 그리고 갑자기 깨를 볶기 시작했다.

"그건 뭐 하는 거죠?"

"우유 크림을 만들 거예요."

깨를 볶은 후 거기에 꿀을 넣었다. 마치 깨강정을 만든 것 같았다. 청년은 우유에 밀가루를 섞어 약한 불에 잠시 끓이고 만든 깨강정을 넣었다.

"우유 크림에 깨의 고소한 향기와 꿀의 단맛을 입히는 거예요."

"그래서 레표시카 겉에서 달큰함과 고소함이 전해진 거였군요."

청년은 이제 2차 발효된 반죽을 얇게 폈다. 회오리 모양의 누름틀을 가져와 누름틀을 찍자, 반죽 전체에 회오리 모양이 나타났다. 그리고 가운데는 도장 같은 것으로 꾹 누르자 국화 무늬가 나타났다. 이 무늬를 세게 찍어서 가운데가 들어간 도넛 모양이 나타난 것이다.

"이탈리아 로제타처럼 누름틀을 사용하는군요. 누름틀로 누르는 이유가 있나요?"

"없습니다. 멋있게 보여서 그렇죠."

"누름틀 여유분이 있어요? 되도록 전통 빵에 가까운 빵을 먹여주고 싶어서 말입니다."

"하나씩 챙겨드릴게요."

청년은 여기에 우유 크림을 발랐다. 그리고 깨를 솔솔 뿌려 반죽을 완성했다.

"이제 화덕에 넣고 구우면 됩니다."

화덕은 커다란 항아리 모양이었다. 안쪽에 가스 불이 있었다. 청년은 안에 물을 뿌리고 부채질해서 온도를 맞췄다.

"몇 도에서 구워야 합니까?"

"상관없습니다. 낮은 온도에는 오래 굽고, 높은 온도에서는 짧게 굽습니다. 겉이 갈색으로 변하면 됩니다."

라라 양은 말도 안 되는 소리라고 하겠지만, 집집마다 화덕도 온도도 모두 다르기에 그 적절함을 찾는 것이다. 그는 반죽을 커다란 국자 같은 곳에 올리더니 화덕 깊숙이 벽면에 붙였다. 화덕의 열기로 빵 겉면 색이 변하며 부풀었다. 빵이 구워지는 것을 보니 라라제빵소의 화덕으로 구워도 될 것 같았다. 같은 원리니 말이다. 레표시카는 어렵지 않게 구현할 수 있을 것 같았다.

나는 지갑을 꺼내 5만 원짜리 지폐 두 개를 꺼냈다.

"지금 만든 빵값입니다."

"받을 수 없습니다. 우리 우즈베키스탄 사람들을 위해 맛있는 빵 만들어주십시오."

"고마워서 그러니 받으세요."

"저는 여기 대한민국에서 살고 있지만, 고국을 사랑합니다. 저의 마음도 알아주십시오."

레표시카 가게를 나온 내 손에 빵 50개가 들려 있었다. 걷다 보니 교회가 나왔다. 중앙아시아 사람처럼 보이는 남자가 마당을 쓸고 있었다. 머리가 약간 벗겨져 있었다.

"레표시카 드실래요?"

나는 양손 가득 들고 있는 빵을 들어 보였다. 남자가 빗자루를 놓고 뛰어왔다. 빵을 보더니 활짝 웃었다.

"레표시카! 아이들이, 가장 좋아하는 빵이에요. 저녁에 한국어, 학당이 열리는데, 아이들 간식, 줄 수 있을, 겁니다. 감사합니다."

남자는 약간 어눌하지만 한국말을 잘했다.

"어느 나라 사람입니까?"

"저는, 카자흐스탄에서 왔어요."

"이건 우즈베키스탄 빵인데요?"

"중앙아시아 나라에, 모두 이 빵 있어요. 탄두리 빵이에요."

"한국어 학당이요? 아이들이 많아요?"

"안산에는 중앙아시아 사람들이, 일하러, 많이 왔어요. 아직 한국어를, 잘 모르는 아이들을 위해, 학교 마치고 한국어 학당에서 공부해요."

"목사님이세요?"

"아니요. 전도사입니다."

타국인이지만, 모두 열심히 정직하게 살고 있었다. 세상을 돌아보니 달리 보이는 게 있었다.

나는 지갑을 열어 5만 원짜리 지폐 두 장을 꺼냈다.

"빵만 먹으면 목이 메일 테니 아이들한테 음료수라도 사주십시오."

"아니, 이렇게 고마울 데가. 헌금으로 받겠습니다."

"그렇게 해주십시오."

나는 길을 나섰다. 뒤에서 카자흐스탄 전도사가 "하나님의 은혜가 있기를" 하며 소리쳤다. 난 손을 들어 흔들고 집으로 돌아갔다.

다음 날에는 베트남 사람이 운영하는 반미 샌드위치 가게로 갔다. 반미는 바게트에 볶은 고기와 채소를 올리고 매콤한 칠리소스를 넣는 것이다. 바케트 만드는 것은 자신있으니, 이것도 승리다.

그다음 날에는 필리핀 가게를 수소문했지만 찾을 수 없었다. 대신 스페인 빵집을 찾았는데, 스페인의 소금빵이 판데살과 같다고 했기 때문이다. 아무튼 반미와 판데살 만드는 법을 잘 배웠다.

아파트도 팔려 서울의 모든 것을 정리했다. 혼자 살았고 잘 들어가지도 않았기에 짐도 별로 없지만, 창고에 장기 보관을 맡기고 강화도 라라제빵소로 갔다. 2주 정도 지났지만 손라라는 아직 오지 않았다.

나는 화덕에 불을 켜고 배운 대로 빵을 만들었다. 우즈베키스탄의 레표시카, 바게트는 직접 구워 반미 샌드위치를 만들었다. 판데살도 짭짤하게 잘 구현되었다.

시식을 위해 김포댁에게 연락하자 두 손 가득 막걸리를 사왔다.

"빠띠새. 심심해 죽는 줄 알았어. 오늘은 오랜만에 축배를 들자."

"허허허, 저는 친구가 아니라 사장님이라고요."

김포댁이 테이블에 막걸리가 든 비닐봉지를 올려두고 내가 만든 빵들을 보았다.

"이게 외국인 며느리들에게 줄 빵이야?"

"네, 한번 시식해봐요."

김포댁은 레표시카를 들었다. 그녀의 얼굴 크기와 맞먹었다.

"이건 너무 크네. 잘라줘."

나는 레표시카, 반미 샌드위치를 잘라서 접시에 올렸고, 판데살은 크기가 작아 그대로 올렸다. 김포댁은 빵을 입에 넣었다. 한 입씩 우적우적 씹어 먹었다.

"뭐, 특별한 맛은 없지만 레표시카는 고소한 캄파뉴 같고, 판데살은 짭짤하니 커피와 어울릴 것 같아. 그리고 반미 샌드위치는 우리 노인들 입맛에는 안 맞고."

"정확한 평가예요. 하지만 며느리들의 입맛에는 맞을 거예요. 그 나라 사람에게 직접 배운 전통 빵이거든요."

"서울에 일이 있다는 것이 그 나라 빵집들 다닌 거야?"

나는 손가락을 입술에 올렸다.

"쉿, 라라 양에게는 절대 비밀이에요. 반드시 이겨야 하는 대결이라고요."

"이 정도로 했는데 이기지 못하면 이상하지."

"자, 이제 막걸리나 드시죠. 강화도의 인삼 막걸리가 계속 생각났거든요."

"좋아. 내 라라제빵소로 돌아온 걸 축하하며 안주를 만들어주지. 뭐가 좋겠어?"

"파전 가능할까요?"

"오브 콜스. 그럼 정리하고 있어. 금방 만들어올 테니까."

대충 정리하고 만든 빵을 쟁반에 올려두고는 자리에 앉았다. 잠시 후 김포댁이 안채에서 커다란 쟁반에 파전과 놋그릇을 챙겨 나왔다.

나는 막걸리를 흔들어 땄다. 막걸리를 따르자 걸쭉한 액체 사이로 건더기가 같이 나왔다.

"자, 일단 한잔 쭉 들이켭시다."

김포댁과 나는 막걸리 한 사발을 들이켰다. 캬 소리가 절로 나왔다.

"라라는 안 오고 뭐 하고 있을까?"

"회사라는 게 그냥 관둔다고 관둘 수 있는 게 아니에요. 인수인계라는 게 있어요. 아마 한 달쯤이라고 한 것이 인수인계를 위해서일 거예요."

김포댁의 파전은 맛있었다. 나는 막걸리와 파전을 번갈아 가며 입으로 넣었다.

"김포댁 아주머니. 음식 솜씨가 좋은데 포장마차 해보세요."

"내 솜씨가 좋긴 하지만 난 우리 사장님 밑에서 일하는 게 좋아."

"하긴요. 일 대충 해도 월급 또박또박 주니까요."

"뭐? 내가 얼마나 열심히 일하는데."

김포댁의 눈썹이 새가 날갯짓하듯 올라갔다 내려갔다 했다.

"하하하, 알아요, 알아."

그때 라라제빵소의 문에 달린 종소리가 들렸다. 나는 라라가 벌써 왔나, 고개를 돌렸다.

"스, 스승…."

나의 입이 굳어 버렸다. 드디어 올 게 와 버렸다. 마음으로는 대비하고 있었지만, 다시 얼굴을 보니 손에서 통증이 올라왔다.

제빵 명장 1호이자 나의 스승이었던 심명진. 옆에는 제빵사로 보이는 두 명이 함께 있었다. 심명진은 가게를 찬찬히 둘러보았다.

"누구야?"

김포댁이 나에게 물었다. 나는 입 모양으로 길 건너 명심당 심명진이라고 말했다.

"그 원수…."

나는 재빨리 김포댁의 막걸리 잔을 들어 입으로 갖다댔다. 그리고 고개를 좌우로 흔들었다. 심명진은 화덕에 가서 보기도 하고, 수납장을 열어보기도 했다. 김포댁의 표정이 일그러졌다.

가게를 둘러본 심명진은 우리가 앉아 있는 테이블 옆의 빵으로 가서 하나 들었다. 레표시카였다. 심명진은 냄새를 킁킁 맡고 내려 놨다.

"이건 네가 개발한 신종 베이글인가?"

아무리 명장이라 해도 저 멀리 우즈베키스탄 빵까지는 당연히 모를 것이다. 나는 굳이 대답하지 않았다. 심명진은 빵을 내려 두고 내게로 걸어왔다.

"라라제빵소라…. 시골에 와서 숨어 있으면 내가 못 찾을 줄 알았나?"

정말 어떻게 알았는지 궁금했다.

"어떻게 알았습니까?"

"흥! 함기호라는 자가 명심당으로 찾아왔더군."

함기호. 나를 죽이려고 했던 손라라의 전 남자친구다. 함기호는 나 때문에 손라라와 헤어졌다고 생각할 것이다. 나의 기사를 뒤지다가 명심당 심명진과의 이야기를 찾게 되었고, 나를 골탕 먹이려 명심당을 찾아간 것이다. 정말 뒤끝 작렬이다. 손라라가 그놈한테서 벗어난 것이 정말 다행이었다.

"그나저나 안창석! 내가 다신 빵을 만들지 말라고 했을 텐데."

"만들지 않고 있습니다."

심명진은 레표시카를 하나 들었다.

"이건 뭐야?"

내가 대답이 없자 심명진은 빵을 바닥으로 떨어뜨렸다. 그러고는 발로 밟았다.

"하긴, 이런 쓰레기는 빵이라고도 할 수 없지."

내가 만든 빵을 무시하는 건 좋다. 하지만 우즈베키스탄 빵을 모욕하는 것은 참을 수 없다. 자기 동포에게 빵을 만들어준다고 하니 서슴없이 가르쳐준 우즈베크 청년 얼굴이 떠올랐다. 그리고 아이들이 제일 좋아하는 빵이라면서 기뻐하던 카자흐스탄 전도사 얼굴이 떠올랐다. 심명진에 대한 두려움이 순식간에 분노로 바뀌었다. 나는 자리에서 벌떡 일어나 낮게 일갈했다.

"발 치워."

심명진의 눈썹이 꿈틀했다.

"감히 이놈이 어디서 말대답이야."

나는 주먹을 쥐었다. 오른손 상처에서 찌릿찌릿 전기가 생산되었다. 주먹도 얼른 심명진의 얼굴을 날려버리라고 하는 것 같았다

"다시 말 안 해. 어서 그 더러운 발이나 치워."

"이놈이 감히…."

하지만 말과 다르게 심명진은 발을 뗄 수밖에 없었다. 앉아 있던 김포댁이 막걸리가 가득 든 잔을 일부러 심명진의 다리로 쏟았기 때문이다.

"앗, 실수."

"이, 이게 뭐야? 더럽게."

나는 막걸리가 묻은 레표시카를 집어 들었다. 그리고 심명진의 얼굴 앞에 흔들었다.

"이건 우즈베키스탄의 레표시카라는 빵입니다. 당신같이 저급

한 사람이 욕할 빵이 아니란 말이에요."

"이 새끼가 어디서…. 아직 정신을 못 차렸어!"

내가 레표시카를 들어 심명진에게 던지려는 그때 김포댁이 나의 손을 잡았다.

"빠띠새, 앉아. 개가 문다고 같이 물 거야?"

나는 눈을 감고 심호흡했다. 과거 함기호에게 했던 전략이다. 지금 나는 흥분해 있다. 법적으로 문제되는 행동을 먼저 하면 지는 것이다. 나는 자리에 앉아 태연하게 막걸리를 따라 마셨다.

"김포댁 아주머니. 고맙습니다. 하마터면 개랑 싸울 뻔했네요."

"그래그래. 특히 늙은 개랑은 싸우는 게 아니야."

"닥쳐!"

심명진이 주먹을 부르르 떠는 게 보였다. 옆에 데리고 들어온 남자들에게 화가 전해졌다.

"이놈들아. 스승이 이렇게 당하는 데 구경만 할 거냐?"

"고정하십시오, 스승님."

"이렇게 하려는 것이 아니지 않습니까?"

심명진은 만류하는 제자들의 귀싸대기를 올렸다. 쯧쯧, 심명진도 늙었구나. 나 하나 잡으려고 이런 무모한 짓도 하고 말이야.

심명진이 한걸음 나와 격양된 어조로 말했다.

"내 이 라라제빵소, 문 닫게 만들어주지. 그리고 네 제자인 손라라도 내게 오게 만들겠어."

나는 움찔했다. 제빵 명장이 되고 싶은 손라라는 심명진에게 넘어갈지도 모른다. 저 남자들처럼 말이다.

"똥개야, 어서 꺼져!"

김포댁이 심명진에게 소리쳤다.

"이, 이게 어딜 끼어들어."

"똥이나 쳐 드셔!"

후후, 김포댁을 말로 이길 수는 없지. 남자들은 폭주하려는 심명진을 양쪽에서 잡았다.

"이놈들, 놓지 못해!"

끌려가는 심명진에게 내가 말했다.

"심명진 제빵 명장님, 그래도 빵을 가르쳐준 스승이니 한 말씀 올리겠습니다."

"고얀 놈. 네까짓 게 무슨…."

"들어보세요. 지금 당신은 제가 파멸했을 때의 모습을 그대로 보여주고 있습니다. 분수에도 안 맞는 빵집을 빚으로 차리고, 텔레비전에 나오는 1호 제빵 명장의 모습으로 빵집을 포장하고 있죠. 그리고 가게 제빵사들에게 막 대하는 것, 모두 부메랑이 되어 돌아올 겁니다. 나처럼 한순간에 무너져 파멸에 이를 거라고요."

나는 나의 손목을 걷어 심명진에게 보여주었다. 이건 내 실수로 다친 상처지만, 요긴하게 쓰였다.

"저 새끼가 악담을 하다니."

"악담이 아닙니다. 진심으로 하는 말이에요."

"두고 보자. 이 라라제빵소를 반드시 문 닫게 해주지. 그리고 지옥 끝까지 널 따라가 매장해버릴 거야."

심명진은 이를 갈고 라라제빵소를 나갔다. 나는 일어서서 창문을 보았다. 심명진은 거의 완공되어 가는 명심당 가게 앞에서 두 남자의 정강이를 걷어찼다. 김포댁이 옆으로 와서 섰다.

"노인네가 어찌 저리 힘이 넘쳐난담."

"라라 양이 넘어가진 않겠죠?"

"그러려면 살살 달래서 뭔가를 가르쳐줘야 할 거야."

두서없이 꺼낸 말이지만 김포댁은 잘 알아듣고 대꾸했다. 아까 레표시카 때문에 분노했을 때는 아파트 판 돈으로 전면전을 펼칠까도 생각했지만, 마음이 안정된 지금 그건 무리라는 것을 안다. 언론은 나에게 절대적으로 불리하기 때문이다.

"김포댁 아주머니라면 넘어가겠어요? 월급을 두 배로 준다면 말이에요."

"당장 달려가야지."

김포댁이 웃으며 말했지만, 그렇지 않다는 것을 안다. 어째 됐든 대결에서 손라라를 이기고 제빵소의 현 상태를 유지해야 한다. 그리고 하나씩 가르치면 되는 것이다.

손라라는 일주일 후에 돌아왔다. 원래도 마른 체형이던 그녀는 살이 더 빠져서 온 것 같았다. 김포댁이 그녀를 반겼다.

"라라야, 어서 와라. 어디서 굶으며 살았니? 왜 이렇게 살이 빠졌어?"

"김포댁 아주머니, 저는 괜찮아요."

손라라는 나를 보며 고개를 숙여 인사했다. 그녀의 눈빛은 변한 외모와 다르게 강하게 빛났다. 자신감이 넘치는 모습이었다.

"앞에 '명심당' 간판 달았던데요?"

"그렇게 1호 제빵 명장을 자랑하고 싶었을까?"

김포댁이 입술을 씰룩거리며 말했다. 3층 건물을 멋들어지게 만들었다. 돈을 과도하게 투자했으니 당연했다. 1층에는 커다란 간판이 달려 있는데 '국내 최초 제1호 제빵 명장의 집'이라고 써 있었다.

"내일 개업이래. 라라야, 우리 라라제빵소는 이제 어떡하냐? 사장 놈이 보통이 아닌 것 같아."

"우리에게는 제빵 명장 제빵 신이 있는데 뭘 걱정해요."

손라라가 나를 초롱초롱한 눈으로 바라보았다. 제빵 신의 빵을 배우면 누구든 이길 수 있다고 생각하는 것이다. 손라라와의 빵 대결에서 이겨야 한다.

대결은 일주일 뒤다. 그녀도 연구했는지 제빵소에서 몇 번 빵을 만들었다. 김포댁이 몰래 가져다준 레표시카를 먹어보니 특별한 것이 없었다. 특이한 향이 나긴 했지만 내가 만든 레표시카보다 특별하지 않았다. 이대로라면 승리다.

개업한 명심당은 장사가 잘됐다. 가격이 바다뷰 빵집들과 맞먹었는데 손님이 끊이지 않았다. 명심당 주차장이 가득 차서 반대편 우리 라라제빵소의 주차장까지 넘어오는 차들도 있었다. 그냥 두라고 했지만, 자동차가 들어오면 김포댁이 달려나가 돌려보냈다.

대결을 하루 앞둔 날 오후, 김포댁이 들어오며 소리쳤다.

"빠띠새! 라라야! 나와 봐. 어서."

안채에서 쉬고 있던 나는 제빵소로 나왔다. 김포댁은 선글라스와 어울리지 않는 모자를 쓰고 있었다.

"뭡니까? 선글라스까지 쓰고."

"이거 좀 봐봐. 정말 말이 안 나온다니까."

테이블에는 화려한 빵들이 있었다. 빵 곳곳에 명심당이라고 쓰여 있었다.

"뭐예요? 첩자 놀이하세요? 우리는 우리 빵을 만들 거라고요."

하지만 나의 몸은 테이블에 가서 앉고 말았다.

"라라 양도 와서 같이 먹어보자."

손라라도 제빵 명장의 빵이 궁금한지, 다가와 자리에 앉았다.

"이게 지중해 소금빵, 이게 천사의 링 롤케이크, 라즈베리 바움쿠헨. 뭐 이름이 이렇게 부르기도 어려워?"

김포댁이 손가락으로 하나하나 짚으며 이름을 말했다. 주먹만 한 소금빵이 무려 4800원이다. 필리핀의 판데살과 비슷했다. 지중해가 붙은 것은 지중해 소금을 조금 넣었기 때문이다. 한국에서 구하기 힘든 재료를 넣고 이렇게 이름을 붙이면 프리미엄이 붙는다. 다 내가 해왔던 것이다.

천사의 링 롤케이크는 크림이 한가득 있는 일본식 롤케이크인 도지마롤이다. 겉의 카스텔라가 링처럼 보여 천사의 링이라고 이름 붙인 것 같았다. 하얀 크림에 초콜릿으로 천사의 링이라고 글씨를 썼다. 이 아이디어는 인정할 수밖에 없다. 이렇게 도지마롤을 한 단계 업그레이드했다. 그런데 가격이 9천 원이라고? 이건 인정하기 어렵다.

라즈베리 바움쿠헨은 더 가관이다. 바움쿠헨은 독일 전통 케이크로 여러 겹으로 만들어 나무 나이테처럼 보인다. 그 사이에 라즈베리 잼을 넣었을 뿐이다. 그래도 8800원 가격은 아니지. 하지만 모두 모양 하나는 끝내줬다. 눈으로 먹는 것은 성공이다.

"그래도 너무 이쁘네요."

손라라의 눈이 초롱초롱 빛나고 있었다. 자기도 곧 이런 빵을 만들 수 있을 거라 기대하는 눈빛이다.

"파티셰님도 이런 빵 만들 수 있는 거죠?"

"어허! 나 제빵 신이라고 불렸어."

"매일 단팥빵만 만드니 못 만드시는 줄 알고."

옆에서 김포댁도 거들었다.

"빠띠새, 손 다쳤는데 괜찮겠어? 이런 빵 만들 수 있다고?"

나는 손목을 빙글빙글 돌렸다. 전혀 문제가 없었다.

"이제 다 나았어요. 나 같으면 이 생크림 사이에 신선한 과일을 넣어 멋을 더 폭발시킬 거야. 과일 단면은 사람들의 시선을 자극하거든. 하긴 생크림 중간에 과일을 넣는 건 어려운 일이지. 나 제빵신만 할 수 있는 거라고."

"가르쳐주실 거죠?"

"보여줄 수 있어?"

두 여인의 눈빛이 나를 바라보았다. 손라라는 기대하는 눈빛, 김포댁은 못 믿겠다는 눈빛이었다. 그런데 내가 왜 흥분하고 있지? 명심당에 나도 모르게 대결의 마음이 생긴 것이다. 나는 흥분을 가라앉히고 자리에 앉았다.

"스승님께서는 사람을 살리는 빵을 만들라고 하셨지. 저런 빵들은 결국 파멸로 이끌 거야."

"아무튼 내일 승부에서 제가 이긴다면 분명히 가르쳐주셔야 해요."

"그건 걱정 마. 네가 이긴다면 가게 리모델링하고 저 명심당과 한 판 붙게 해줄 테니까."

드디어 10월 1일. 나는 눈을 떴다. 눈에 모래알이 있는 것처럼 까끌까끌했다. 어젯밤에 잠을 조금 설쳤다. 명심당 때문에 그랬다. 나는 대충 씻고 제빵소로 나갔다. 공기가 훈훈했다. 손라라가 화덕 앞에서 분주히 움직이고 있었다. 이제 아침에는 제법 쌀쌀해서 화덕의 열기가 좋았다.

"라라 양도 화덕 사용할 건가?"

"레표시카는 화덕으로 구워야지요."

"그렇지."

우리 둘은 준비를 시작했다. 반죽을 준비했다. 손라라가 반죽을 만드는 것을 보니 크게 다른 게 없었다. 하긴 반죽에서 차이가 나는 것이 아니다. 만든 반죽을 발효실에 넣고, 다음 레표시카 표면에 바를 우유 크림을 만들었다.

손라라는 화덕에서 숯을 조금 꺼내 밖으로 나갔다. 우유 크림을 만들고 몰래 나가서 보니 숯불에 고기를 굽고 있었다.

"반미 샌드위치 고기를 굽나 보군."

나는 안으로 들어와 배운 대로 고기를 볶아 준비를 마쳤다. 김포댁이 출근했다.

"일찍부터 둘 다 열심이네."

"김포댁 아주머니, 며느리들이 언제 온다고 했죠?"

"12시 전에 올 거야."

시간을 보니 9시, 충분하다. 난 1차 발효된 반죽을 공굴리기로 성형했다. 손라라도 마찬가지였다. 다만 차이를 보인 것은 난 누름틀로 빵 표면의 무늬를 만들었지만, 그녀는 손톱으로 무늬를 만든 것이다. 무늬는 빵의 맛을 바꿀 수 없겠지만 이것은 시각적으로 큰

차이를 만들 것이다. 나는 냉장 숙성한 우유 크림을 꺼냈다.

"파티셰님, 그게 뭐예요?"

"우유 크림이야. 이거까지는 몰랐나 봐?"

손라라는 진짜 모르는 듯했다. 그 대신 검은색 가루를 꺼냈다. 그녀는 손가락에 묻혀 레표시카 반죽 위에 찍었다.

"그건 뭐지?"

"블랙커민 가루예요."

블랙커민이라면 향기는 입힐 수 있을 것이다. 모든 준비를 마쳤을 때, 라라제빵소 문이 열렸다.

"안녕, 하세요."

김포댁이 달려갔다.

"오, 며느리들 잘 왔어. 자네들을 위해 두 제빵사가 나섰어."

"기대, 됩니다."

"자자, 나라별로 한 테이블에 앉아."

그들은 나라별로 두 명씩 한 테이블을 차지하고 앉았다. 이제 빵을 구울 차례다.

"라라 양, 누가 먼저 화덕을 사용할까?"

"먼저 하세요. 전 반미 샌드위치를 만들게요."

"그러지."

난 레표시카 반죽을 180도로 맞춘 화덕 속으로 밀어 넣었다. 화덕 옆에서 빵이 익어가는 것을 보며 손라라를 보았다. 바게트를 자르고, 안에 아까 숯으로 구웠던 고기와 채소를 넣었다. 채소는 고수를 잔뜩 넣었다. 고수는 향기가 짙은 채소다. 한국에서는 싫어하는 사람이 많다.

'저러면 냄새가 심할 텐데.'

잠깐, 고수는 한국인이 싫어하는 것이지, 매일 고수를 접했던 베트남 사람들이 싫어할까? 뭔가 불안함이 싹텄다.

아니다. 지금은 내가 배운 대로 만드는 거야. 나는 고개를 흔들어 잡념을 떨쳐내고 화덕을 보았다. 노릇하게 레표시카가 구워졌다. 냄새를 맡아봤다. 달큰하고 고소한 냄새가 전해졌다. 이 레표시카라면 분명히 승리다. 그렇게 손라라와 나는 대결할 빵을 만들었다.

김포댁이 손뼉을 쳐서 제빵소 안의 모두를 집중시켰다.

"자자, 우리 며느리들을 위한 빵이 드디어 완성됐어요. 두 분이 만들었는데 여러분은 누가 만든 건지 모르는 상태, 그러니까 빠띠새. 뭐지?"

"블라인드요."

"그래, 블라인드. 여러분은 그냥 두 가지 빵을 먹어보고 더 맛있다, 고향에서 먹은 맛이다, 하는 것을 선택하면 되는 겁니다. 알았죠?"

"배고파, 빨리 줘."

한국말에 가장 서툰 필리핀의 조이가 말했다. 조이의 의견에 동의하는지 여성들이 손을 들어 마구 흔들고 테이블을 주먹으로 두들겼다.

나는 빵칼로 커다란 레표시카를 잘랐다. 아무래도 크기가 크니 먹기 쉽게 썰었고, 보기 좋게 진열했다. 반미 샌드위치와 판데살도 각 접시에 올린 후 쟁반에 올렸다. 손라라가 1번 접시고, 내가 2번 접시다. 그녀는 커다란 레표시카를 그대로 두었다.

"레표시카는 먹을 수 있도록 자르는 게 어때? 일류 제빵사가 되려면 소비자의 입장에서 생각하는 마음이 있어야 해."

라라는 대답 없이 그저 미소를 보일 뿐이었다. 김포댁의 둘둘둘 커피는 따뜻했다. 10월이니 냉커피는 안 만들었다. 레표시카, 반미 샌드위치, 판데살이 커피와 함께 각 나라 사람들에게 배달됐다.

"오! 이게, 얼마 만에, 먹는 레표시카야."

우즈베크의 아모나와 슈크로나는 손라라가 만든 커다란 레표시카를 들어 냄새를 맡았다.

"음, 고국의 냄새가 나."

필리핀의 자넷도 접시째 들어 냄새를 맡았다.

"난 반미 샌드위치를 4년 만에, 먹는 거야."

"자넷, 어서 먹자고."

자넷과 조이는 반미 샌드위치를 들고 크게 깨물었다.

"역시, 판데살은, 커피야. 그렇지, 티?"

"맞아, 응이. 어서 먹어."

각 나라의 여성들은 먹는 데 열을 올렸다. 한국에 온 지 가장 오래된 웅이는 눈물을 흘렸다. 결혼한 지 12년이 되었는데 한 번도 필리핀에 가본 적이 없다고 했다.

김포댁이 휴지를 가져다주었다. 옆에서 티가 휴지를 받아 웅이의 눈물을 닦아줬다.

"웅이, 왜 울고 그래?"

"판데살 먹으니 엄마, 보고 싶어요."

웅이가 우는 것을 달래다가 티도 같이 눈물을 흘렸다. 티는 가장 짧은 2년이지만 고향이 더 그리울 수도 있다. 그렇게 울음은 전염되어 가게 안은 울음바다가 되었다.

손라라와 나는 멀찌감치 떨어진 테이블에 앉아서 시식을 지켜보고 있었다. 그녀도 타국으로 온 여성들의 마음을 느꼈는지 눈이 촉촉해졌다.

"저게 스승님이 말한 사람을 살리는 빵인 것 같아."

"네?"

"빵으로 마음속 깊은 곳의 슬픔을 위로할 수 있잖아."

손라라도 동의하는지 고개를 끄덕였다. 신 씨는 단팥빵, 김세원은 고로케. 모두 특별하지는 않았지만 마음을 어루만져 주었다. 이게 사람을 살리는 빵이 분명했다.

"라라제빵소에서는 저런 빵을 만들어야 해."

"앙버터 샌드위치와 마카롱으로 위로받은 것도 기억해주세요."

한참 울던 여성들은 다시 빵을 먹었다. 한가득 차려준 빵을 모두 먹어 치웠다. 배고파서 먹었다기보다 고향을 느낀 것이리라.

"자, 며느리들 맛있게 먹었나?"

여섯 명의 여성들은 우렁차게 대답했다. "정말 맛있었다" "좋았다" "고향 생각났다"라고 크게 말했다.

"모두 진정해."

다시 조용해지자, 김포댁은 말을 이었다.

"1번 접시, 2번 접시 중 하나만 고르는 거야. 내가 하나, 둘, 셋 하고 외치면 손가락을 들어 표시하는 거야."

조금 긴장됐다. 하지만 그 나라 사람에게 직접 배운 빵이니 실패할 리 없다. 나는 손라라에게 조용히 말했다.

"약속 잊지 마. 명심당에 휘둘릴 필요 없이 우리는 그냥 기존의 빵을 만드는 거야."

"파티셰님도 약속 꼭 지켜요."

"두말하면 잔소리."

"그럼 맛있게 먹은 빵의 접시를 선택해주세요. 하나, 둘, 셋!"

김포댁의 외침이 끝나자 여성들은 손가락을 들어 표시했다. 모두 손가락 하나를 들었다. 순간 나는 내 접시가 1번 접시인 줄 착각했다. 내가 이긴 줄 안 것이다.

김포댁이 외쳤다.

"손라라. 6 대 0으로 완벽한 승리!"

그제야 무슨 일이 일어난 건지 깨달았다. 내 접시는 2번 접시였다. 있을 수 없는 일이다. 나는 자리에서 벌떡 일어났다.

"이, 이유가 뭐야? 이유를 알려줘."

나의 외침에 베트남의 웅이가 대답했다.

"고기는, 숯불에 구워야 해요. 우리 베트남에서는 그렇게 해요. 그리고 다른 건, 몰라도 고수를 많이 넣어야 진짜 반미고요."

웅이의 대답이 끝나자 필리핀 자넷이 말을 이었다.

"판데살은, 비슷해요. 하지만 1번 속에, 잼 들어 있어요. 이게 필리핀 정통이에요."

나는 우즈베키스탄 여성들 테이블로 갔다.

"좋아. 다른 건 그렇다 쳐도 이 레표시카는 진짜라고."

아모나와 슈크로나가 얼굴을 서로 마주 보더니 말했다.

"맛있는 건 2번이, 더 맛있어."

"그런데 왜 1번을 선택했지?"

"레표시카는, 칼로 자르면 안 돼. 복 나가."

나는 테이블에 앉아 있는 손라라를 돌아보았다. 내가 칼로 자르라고 했을 때, 미소를 지은 손라라는 이미 그 사실을 알고 있었던 것이다.

"이럴 수가. 라라 양은 어떻게 안 거지?"

"간단해요. 전 한 달간 필리핀, 베트남, 우즈베키스탄을 갔다 왔어요."

"해외를 갔다고?"

"네. 빵을 배우려면 현지가 최고죠."

다리에 힘이 빠져나가는 느낌이 들었다. 호랑이가 고양이를 낳지 않는 것처럼 스승님 손녀 손라라는 빵에 대한 열정과 재능이 있었던 것이다. 나는 의자를 하나 빼고 자리에 앉았다.

분명히 손라라는 나보다 한 수 위다. 난 국내에서 그 빵을 만드는 방법을 찾았지, 그곳에서 사람들이 어떻게 빵을 먹는지를 알아볼 생각까지는 할 수 없었다.

"졌다, 졌어. 라라 양의 완벽한 승리다."

손라라가 내 옆으로 왔다.

"스승님."

"뭐?"

"앞으로 스승님이라고 부르겠습니다."

약속대로 제빵 신의 빵을 가르쳐달라는 뜻이다. 하지만 내가 가르칠 필요도 없다. 손라라는 천부적 재능과 노력으로 어떠한 빵도 연구해서 스스로 만들 수 있을 것이다.

"그럴 필요 없어. 라라 양은 명심당의 빵을 혼자서도 만들 수 있을 거야."

손라라는 여섯 명의 외국인 여성에게 말했다.

"앞으로 우리 라라제빵소에서는 반미, 레표시카, 판데살도 만들 거예요. 그러니 친구분들과 자주 와주세요."

"와~"

여성들이 환호하며 손뼉을 쳤다. 그것은 기특한 생각이다.

"라라 양, 자네를 뭐라고 부르지?"

"이제 파티셰님이 스승님이 되었으니, 편한 대로 부르세요."

"음, 그래도 적절한 호칭이 필요한데."

"제가 사장이 되니 파티셰가 될까요?"

"그건 바리스타 자격증과 제빵 자격도 있어야 해."

"있어요. 이번에 땄어요."

정말 어디로 튈지 모르는 사람이다.

"좋아. 라라 파티셰."

옆에서 김포댁이 나섰다. 눈썹 끝이 올라간 게 분명히 불만이 있는 것이다.

"자기들만 좋은 거 해. 나도, 나도 바꿔줘."

손라라가 웃으며 대답했다.

"실장님 어떠세요? 라라제빵소 김 실장님."

"김 실장이라…."

김포댁의 눈썹이 아래로 내려갔다. 기분이 좋아진 것이다.

"며느리들 모두 들었지? 나 이제부터 김 실장님이야."

"쳇, 며느리가 맞지만 우리도 이름 있어요."

"그런가? 하지만 이름이 너무 어려워서 나 같은 노인은 외우기가 어렵다고."

라라제빵소 안이 웃음바다가 되었다. 이미 엎질러진 물이다. 난 창문으로 건너편 명심당을 봤다. 평일이지만 주차장이 꽉 차 있었다.

손라라는 라라제빵소 운영을 시작할 것이다. 이제 물러설 수 없다.

마지막 수업

    당장 라라제빵소의 일이 급격히 바뀐 것은 아니다. 새벽에 일어나 반죽을 만들고, 화덕에 불을 지폈다. 손라라도 빵 만들기가 손에 익어 동일한 시간에 기본 빵 그러니까 식빵, 캄파뉴, 단팥, 슈크림, 소보로빵을 만들었다. 거기에 강화도의 외국인들을 위한 레표시카, 반미, 판데살을 만들었다.

    강화도 전역에서 손님들이 찾아왔다. 그녀들의 커뮤니티가 있었는지 베트남, 필리핀, 우즈베크에서 한국으로 국제결혼 한 여성들이 많이 찾아왔다. 외국 빵은 원래 원가가 높지 않은 빵이지만, 손라라도 낮은 가격을 유지했다.

    "스승님, 오늘은 일본식 롤케이크를 가르쳐주세요."

"도지마롤?"

"명심당에 있던 생크림이 가득 들어 있는 일본식 롤케이크요."

"명심당을 따라 하자는 건 아니지?"

손라라는 어깨를 으쓱 올렸다. 하긴 언젠가는 도지마롤을 가르치려고 했다.

"좋아. 명심당은 도지마롤에 초콜릿으로 이름을 써서 격을 높였어. 아주 작은 아이디어지만 어떻게 활용하는지에 따라 도지마롤은 활용도가 높아. 이미 부드러운 카스텔라 만드는 법은 알려줬지?"

"네, 강화도의 청란과 천연 꿀을 이용해서 만들잖아요."

"그렇지. 도지마롤의 겉 부분은 카스텔라야. 우리는 빵도 맛있고, 크림도 맛있는 도지마롤을 만들 거야. 내가 말한 틀 준비했나?"

손라라는 가로 세로 30센티미터의 틀을 가져왔다. 사각 틀에 카스텔라를 만들 것이다.

"거기에 카스텔라를 얇게 만들어서 겉 부분의 빵을 만들어."

손라라는 박력분에 청란, 꿀을 넣고 카스텔라 반죽을 만들었다. 그리고 반죽을 오븐에 넣었다.

"스승님, 됐습니다."

"좋아. 다음은 생크림을 만들자. 과일을 넣어야 하니 조금 더 단단하게 만드는 게 키포인트야. 동물성 생크림에 무스코바도를 갈아 넣고, 오늘은 마스카르포네 치즈를 넣을 거야."

"명심당의 방법인가요?"

"거기는 일반 설탕을 넣었을 텐데, 우리는 무스코바도 비정제당을 사용할 거야. 네가 손에 익으면 마스카르포네 치즈를 직접 만들어도 돼."

"네, 알겠습니다."

손라라는 생크림과 마스카르포네 치즈, 무스코바도 가루를 넣고 휘퍼로 저었다. 일단 손으로 치즈와 생크림 설탕을 골고루 섞은 후 휘퍼를 기계에 끼고 자동으로 돌렸다.

"오래 저으면 딱딱해져. 그 농도를 잘 익혀야 해."

생크림이 몽글몽글해질 때, 난 거품기를 멈췄다. 휘퍼를 분리해서 생크림 속에 넣고 움직여봤다. 무게감이 느껴졌다. 휘퍼를 생크림 속에서 꺼내자 크림이 딸려 올라오며 뿔처럼 만들어졌다.

"자, 생크림이 뿔처럼 만들어지고 거의 움직이지 않지? 이제 휘퍼를 생크림 속에 넣고 무게감을 느껴봐."

손라라는 손으로 휘퍼를 잡고 무게감을 느꼈다.

"이 농도다. 무게감을 잘 느껴야 해. 샌드크림은 더 단단하게 만들지만, 우리는 부드러운 도지마롤을 만드는 것이니 이 정도가 적당해."

그때 카스텔라가 만들어졌다.

"너무 뜨거우니 카스텔라를 식히고."

난 미리 준비한 딸기를 냉장고에서 꺼냈다. 죽향 딸기로 새콤하면서 단단하다. 나는 딸기를 씻어 손라라에게 건넸다.

"도지마롤에 넣을 딸기다. 먹어봐."

손라라는 의심스러운 눈을 했지만, 곧이어 딸기를 먹었다. 시큼한지 눈 끝을 살짝 찡그렸다.

"어때?"

"새콤해요."

"이 딸기는 죽향이라는 품종인데, 신맛이 강하지. 일부러 신맛이 강한 딸기를 골랐는데, 왜 그런 건지 알아?"

"글쎄요."

"도지마롤의 생크림과 카스텔라는 단맛이 강해. 그러니 딸기가 더 달 필요는 없어. 대신 신맛을 강화해서 맛을 보는 사람으로 하여금 딸기가 더 딸기답게 느껴지도록 만드는 거야."

손라라는 고개를 끄덕였다. 그러더니 만든 생크림을 떠 딸기에 올려 맛을 봤다.

"스승님 말뜻을 알겠어요. 생크림도 달고 딸기도 달면 오히려 딸기를 먹는다고 느끼지 못할 거예요. 딸기가 새콤하니, 단맛 속에서 딸기를 더 느낄 수 있어요."

"그래. 빵을 만들 때는 이런저런 맛들을 다 고려해야 하지. 기존의 것으로 새로운 것을 창조해야 제빵 명장으로 다가갈 수 있어."

카스텔라가 그새 식은 것 같았다.

"이제 도지마롤을 만들어보자."

나는 카스텔라 위에 유산지를 올리고 랩을 씌웠다. 그리고 판을 뒤집어 카스텔라를 틀에서 뺐다.

"롤케이크는 김밥 말듯 카스텔라를 마는 거야. 먼저 생크림만 들어있는 롤을 만들자."

나는 생크림을 카스텔라 위에 발랐다. 가운데 부분에 생크림을 더 올렸다.

"스승님, 가운데 부분에 생크림이 더 많이 올려져 있습니다."

"우리는 일본식 롤케이크인 도지마롤을 만드는 거야. 가운데 부분에 크림이 많아야 모양이 예쁘게 잡힌다."

나는 카스텔라 아래쪽의 유산지와 랩을 잡아 크게 말았다.

"도지마롤은 이렇게 크게 마는 거야. 빵이 겹치는 부분이 거의 없도록 하는 거지."

"그러면 모양이 잘 유지될까요?"

"그래서 랩을 깐 거야. 냉장 숙성하면 모양이 더 잘 굳게 되지."

나는 랩으로 모양이 잡힌 도지마롤을 잘 여며 모양을 만들었다.

"알겠지? 한번 해봐."

손라는 손재주가 있었다. 내가 한 그대로 생크림을 올리고 잘 말았다.

"처음인데 잘하는구나. 자, 이게 기본 도지마롤이야. 이걸 5센티미터 정도로 잘라낼 거야."

나는 내가 만든 도지마롤의 랩을 풀었다. 냉장시킬 시간이 없어 일부러 손으로 떠 꽉꽉 눌러 모양을 만들고, 날이 잘 선 제빵 칼로 빠르게 썰었다.

노란 카스텔라 안쪽으로 하얀 생크림이 보였다. 그걸 본 손라라의 눈이 커다랗게 뜨였다.

"명심당 천사의 링과 똑같네요? 정말 멋있어요."

"이 빵 하나에 단가가 얼마나 나오겠니?"

손라라는 머릿속으로 계산하는지 눈이 위로 올라갔다.

"도지마롤 한 개에 7~8천 원 나오겠어요. 롤의 길이가 30센티미터인데 끝부분을 잘라버려야 하니 5개가 나오고, 나누면 1500원 정도예요. 비싼 청란을 사용하지 않으면 단가는 많이 떨어지고요."

"그렇군. 라라 파티셰는 라라제빵소에서 도지마롤을 얼마에 팔 거지?"

"글쎄요. 스승님의 고견을 들려주세요."

"빵집을 운영하려면 종업원 월급도 주고, 전기세, 수도세 그리고 자기 가게가 아니라면 월세도 내야 해. 가격이 비쌀 수밖에 없지."

손라라는 고개를 끄덕였다.

"우리는 3천 원 정도에 팔면 될까요?"

"적당한 것 같군. 하지만 우리 제빵소에 오는 손님들은 강화도에 사는 어르신들과 다문화 가정이야. 그들은 이런 빵을 먹지도 않겠지만 3천 원도 꽤 높은 가격이지."

"도지마롤은 주말 외부 손님들을 노려야겠군요."

"그렇지. 하지만 이 단순한 도지마롤은 생각하기에 따라서 3천 원도 비싸게 느낄 수 있어. 우리가 최고급 재료를 사용하는 걸 손님들은 모르니까."

"그러니 명심당은 초콜릿으로 글씨를 써주는 거군요. 우리는 어떻게 하죠?"

"딸기를 쓰는 거지."

나는 다시 카스텔라를 뒤집고 생크림을 발랐다.

"이번에는 딸기를 넣을 곳에 생크림은 아까보다 덜 바르는 거다. 딸기는 모양을 위해 세로로 넣을 거야."

난 딸기의 위쪽과 아래쪽을 잘라서 생크림 가운데 일렬로 쭉 늘여 세웠다. 딸기로 원통을 만든 것이다. 그리고 김밥 말듯 말아서 손으로 꾹꾹 눌렀다.

"딸기가 들어 있으니 더 빠르게 잘라 내야 해."

나는 도지마롤을 잘라 냈다. 천사의 링 가운데 빨간 딸기가 동그랗게 보였다.

"너무 멋있어요. 이거야말로 최고급 도지마롤이에요."

"이 죽향 딸기는 비싸지만 보기에도 좋고, 시큼한 맛으로 생크림의 느끼한 맛도 잡아 한 단계 끌어올릴 수 있지."

"딸기 가격을 생각하면 4천 원은 받아야겠어요."

"라라 파티셰라면 사 먹겠니?"

"네, 지금도 좋지만, 딸기가 횡단면이라 안타까워요. 종단면이면 딸기 모양이 더 멋있을 것 같은데요."

"나도 생각하지 않은 건 아니야. 하지만 딸기의 정확히 가운데 부분을 자르지 않으면 소용없어. 롤을 말면 보이지 않는 딸기를 그렇게 자를 수 없지."

"제가 한번 만들어볼게요."

손라라는 안채로 들어가더니 30센티미터 자를 하나 가지고 나왔다. 카스텔라 위쪽에 자를 놓고 생크림을 바르고 딸기를 세웠다. 자의 5센티미터마다 딸기를 중심에 두었다. 생크림으로 딸기 주변을 잘 바르더니 카스텔라를 말고 손으로 눌러 모양을 잡은 후 칼을 들었다.

"자를 보면서 딸기의 중심부를 자르는 거예요."

손라라가 도지마롤을 자르자 양쪽 면에 정확히 딸기 반쪽이 보였다. 정말 재능있는 아이다.

"더 예쁜 도지마롤이 됐네. 이거면 되겠어."

"아뇨, 스승님. 이것만으로는 부족해요. 잠시만 기다려보세요."

손라라는 종이를 가져와 칼로 글씨를 조각했다. 그러고는 잘라낸 도지마롤 위쪽에 종이를 대고 코코넛 파우더를 뿌렸다.

"스승님, 이렇게 하면 칼로 판 글씨 모양에만 파우더가 올라가 글씨를 새길 수 있어요."

종이를 들어내자 '딸기의 꿈'이란 글씨가 나왔다. 하나를 가르치면 둘을 안다. 손라라는 분명히 유능한 제빵사가 될 것이다. 나는 감동했지만, 애써 표정을 굳혔다.

"좋은 도지마롤이야. 얼마에 팔 거지?"

"4천 원이요. 이러면 사람들이 명심당에서 두 배나 높은 가격을 주고 사 먹고 싶지 않을 거예요."

"설마 명심당과 경쟁하려는 것은 아니지?"

"경쟁이라뇨. 맛있는 빵을 저렴하게 공급하면 그걸로 되는 거죠."

"그 생각 잊지 않도록 해."

그때 라라제빵소 문을 열고 김포댁이 들어왔다.

"큰 빠띠새, 작은 빠띠새. 나 왔어."

"오셨어요? 김 실장님. 이리로 와서 이것 좀 보세요."

김포댁이 다가와 '딸기의 꿈' 도지마롤을 보았다.

"우와! 이거 라라 네가 만든 거야? 저 명심당 것보다 훨씬 예쁘네."

"제가 어떻게 만들어요? 이건 여기 스승님께서 만든 거지요."

라라는 일부러 나를 추켜세웠다. 기분이 나쁘지는 않았다.

"역시 제빵 신이네. 달리 제빵 신이 아니었어. 큰 빠띠새. 맛도 좋겠지?"

"으흠. 최고급 재료만 사용했으니 최고일 겁니다."

"맛 좀 보자."

"라라 파티세, 그럼 우리도 맛을 볼까?"

"네, 김 실장님과 앉아 계세요."

손라라가 접시에 예쁘게 플레이팅해서 딸기의 꿈 도지마롤을 가져왔다. 그녀는 기분이 좋은지 스마트폰으로 사진을 찍었다.

"스승님, 김 실장님. 어서 드세요."

나는 포크로 크림과 빵을 잘라 입으로 넣었다. 미세한 꿀 향이 전해져 기분을 좋게 했다. 옆의 김포댁도 딸기 부분을 먹고 말했다.

"와, 이 딸기 진짜 새콤달콤하네."

내가 손라라를 보자 미소를 지으며 고개를 끄덕였다. 신맛이 강한 딸기가 김포댁의 입에도 통했다는 뜻이다.

"스승님. 내일은 바움쿠헨을 가르쳐주세요."

명심당의 주력은 지중해 소금빵, 천사의 링 도지마롤 그리고 라즈베리 바움쿠헨이다. 손라라는 필리핀 판데살을 변형해 판데살 솔트빵이라는 제품을 개발했다. 그리고 오늘 딸기의 꿈 도지마롤을 완벽히 개발했고, 내일은 바움쿠헴을 가르쳐달라고 한다. 왠지 명심당을 대놓고 노리는 것 같았다.

내가 눈을 가늘게 뜨고 쳐다보자, 손라라는 미소를 지었다.

"바움쿠헨은 당연히 배워야죠."

"하지만 난 네가 딴생각하지 않았으면 좋겠다."

"그런 거 없습니다. 그리고 드디어 대출이 나왔어요. 다음 주부터 안채를 리모델링할 거예요."

라라제빵소에도 손님이 늘기 시작했다. 당연히 확장해야 했다. 확장하면 그만큼 몸이 힘들어진다. 과연 손라라가 해낼 수 있을까?

다행이라면 그녀는 나의 의견을 받아들여 대대적인 리모델링보다 한옥의 전통을 살린, 그러니까 살림살이를 모두 빼내고 전통 느낌이 나는 그런 느낌으로 리모델링을 진행했다.

"우리 셋으로는 확장된 라라제빵소를 운영하기 힘들 텐데."

"그래서 자넷과 응이를 종업원으로 채용했어요. 그녀들이 홀에서 손님을 맞이할 거예요."

"가정도 있는데 괜찮겠어?"

"모두 확인했어요."

김포댁이 도지마롤을 다 해치우고 말했다. 입술 끝에 생크림이 묻어 있었다.

"왠지 내 자리가 점차 없어지는 거 같은데?"

씰룩거리는 눈썹과 입술에 묻은 생크림에 너무 웃겼지만, 분위기상 참을 수밖에 없었다.

"그래서 김 실장님의 앞으로의 일도 생각해봤어요."

"뭔데?"

"라라제빵소에는 어르신들이 많이 오잖아요. 김 실장님께서는 한쪽에서 어르신들을 위한 전통차를 만드는 거예요. 쌍화차, 국화차, 도라지차 등등."

김포댁의 눈이 순식간에 반달로 변했다.

"라라 사장님. 열심히 하겠습니다."

"파하하하."

나는 김포댁의 개그에 웃음을 터뜨렸다. 생크림 묻은 얼굴도 한몫했다.

"라라 파티셰는 잘도 참는구나."

"뭐야? 나 놀리는 거지?"

"그럴 리가요."

라라제빵소의 정식 오픈일이 정해졌다. 일주일 후.

손라라는 제빵에 재능이 있었다. 바움쿠헨 사이에 이것저것 넣어보고는 치즈, 쇼콜라를 넣었다. 그리고 김포댁에게 약과와 인절미 만드는 법을 알려달라고 하더니 바움쿠헨 위에 약과와 인절미를 올렸다. 퓨전 음식의 탄생이다. 어르신들도, 모양과 맛을 중시하는 젊은이들의 취향도 노릴 수 있을 것 같았다.

손라라는 그것 말고도 신종 빵을 만들었다. 단팥빵 속에 인절미 조각을 넣기도 하고, 슈크림빵 속에는 과일을 넣기도 했다.

"스승님, 메뉴는 이 정도면 될까요?"

"그래 괜찮은 것 같아. 메뉴가 많은 것보다도 가게의 특징을 살리는 주력 몇 종만 있어도 될 거야."

"우리의 주력 상품은 판데살 솔트빵, 딸기의 꿈 도지마롤 그리고 약과 바움쿠헨이에요."

그녀는 너무 대놓고 명심당을 저격하고 있었다.

"라라 파티셰. 왜 명심당을 의식하고 있지? 아니 왜 과도하게 경쟁하려고 하는 거야?"

손라라는 밝게 웃었다.

"바로 앞에 동일 업종이 있는데 당연히 경쟁해야죠."

그건 맞는 말이긴 하지만, 손라라가 개발한 퓨전 빵을 주력으로 내놔도 충분히 승산이 있었다. 내가 더 말하기도 전에 손라라는 이실직고했다.

"…라고 말하면 거짓말이겠죠?"

손라라의 표정이 갑자기 진지해졌다.

"안창석 제빵사는 저의 진정한 스승님이십니다."

"왜 그러지? 새삼스럽게."

"과거가 어땠든 스승님은 사람을 살리는 빵을 만들었어요. 저는 진심으로 존경해요."

가슴이 콩닥콩닥 뛰기 시작했다.

"모두 라라 파티셰의 할아버지 때문이지."

"스승님 손을 그렇게 만든 사람이 저 명심당의 제빵 명장이라면서요?"

설마 그것 때문에….

"김 실장님께 모두 들었어요. 저 사람의 간악한 술수에 빠졌다는 것을요."

"아니야. 모두 내 잘못이야."

"그것도 모자라 여기까지 따라온 거잖아요."

가슴이 울컥했다. 손라라는 내 빵을 인정해주었고, 나의 억울함을 풀어주려 명심당에 복수하려고 하는 것이다. 고맙지만 손라라가 상처받는 것은 보고 싶지 않았다.

"그런 복수의 마음으로는 절대 안 돼! 그렇다면 우리도 그 사람과 같은 사람이 되는 거야."

"아니에요, 스승님. 저는 빵에 진심이에요. 스승님 마음을 이어서 사람을 살리는 빵을 만들 거예요. 하지만 저 명심당은 아니에요. 빵을 오직 돈으로 생각하죠."

내가 제빵 신 시절에 해왔던 일이기도 했다. 나는 더는 말을 잇지 못했다. 한편으로 우즈베키스탄의 레표시카를 무시했던 일이 떠올랐다. 이런 진심 어린 빵으로 보란 듯이 성공하고 싶었다.

"하지만…."

"제가 알아서 할게요. 저 사람들을 위한 빵을 만들 거예요."

맞다. 손라라는 명심당을 노리기도 했지만 레표시카, 반미, 판데살도 만들었다. 결혼해서 강화도 시골로 온 사람들을 위해서다.

그리고 어르신들을 위하여 약과와 떡을 활용한 빵을 만들었다.

"나는 무조건 파티셰 편이야. 힘든 일 있으면 뭐든지 말해."

"감사해요, 스승님. 저도 스승님 편이에요."

드디어 11월 첫째 날, 라라제빵소가 정식 오픈했다. 아침부터 많은 사람들이 방문했다. 강화도의 외국인 며느리들뿐만 아니라 남자들도 많이 왔다. 그들은 외국인 근로자로, 농사를 짓는다고 했다. 뉴스에서 농촌의 인력 부족 이야기를 들었지만, 실제로 보니 마음 한쪽이 쓰라렸다.

주말이 되자 외부 여행객들이 들어왔다. 명심당 주차장이 만차라서 라라제빵소로 들어오는 반사 손님이 있었다. 그들은 명심당 가격의 반값이라는 것에 놀랐다. 그렇게 SNS에는 라라제빵소를 태그하는 게시물이 늘어났다. 한옥으로 전통 화덕을 이용하는 느낌과 퓨전 빵들이 젊은이들을 매료시켰다.

소문이 점차 퍼져 주말에는 눈코 뜰 새 없이 바빠졌다. 반면 명심당의 주차장은 점점 여유가 생겼다.

"스승님. 아무래도 커피 머신을 들여놔야겠어요."

나도 그 점이 아쉬웠다. 김포댁의 전통차로는 젊은 사람들의 취향을 맞출 수 없었다.

"음…. 하지만 카페를 정식으로 운영하려면 그것 또한 복잡해. 그러니 메뉴는 아메리카노 하나만 파는 거야."

"그래도 될까요?"

"라라 파티셰와 나는 실시간으로 빵을 만들어야 해. 아메리카노 하나라면 자넷과 웅이도 가능할 거야."

그렇게 라라제빵소는 찬찬히 성장했다. 평일에는 강화도 손님이, 주말에는 외부 손님이 라라제빵소를 찾았다. 겨울로 가는 날씨라 추웠지만, 참나무 장작이 타고 있는 라라제빵소는 따뜻했다. 오늘은 오픈 한 달째 되는 날이다.

"자넷, 웅이 씨. 첫 월급은 통장으로 입금했어요."

"오! 감사합니다. 파티셰."

"땡큐, 땡큐."

"그럼 두 분은 퇴근하세요."

자넷과 웅이를 보낸 손라라는 입구의 'Open' 간판을 'Closed'로 돌려 바꾸고 들어왔다. 그녀는 나를 보며 쓴웃음을 지었다.

"스승님께는 죄송해요."

나는 손을 절레절레 흔들었다.

"나는 괜찮아. 내가 좋아서 하는 거야."

빵은 꾸준히 팔리지만, 평일에 파는 빵들은 워낙 가격을 낮게 잡아 수익이 많지 않았다. 주말에 손님을 많이 받아야 하는데 아직 충분하지 않았다. 둘의 월급과 수도세, 전기세, 재료비를 빼면 끝일 것이다.

손라라가 죄송하다는 것은 내가 김포댁에게 월급을 주었기 때문이다. 나는 라라제빵소에서 밭 하나 건너편 집에서 살고 있었다. 마침 빈집이 있어 구입한 것이다. 김포댁이 집안일도 돕기에 월급을 내가 주는 것은 당연하다.

"첫 달에 본전이면 잘한 거야."

"네, 감사해요."

"오늘은 정말 바빴어. 앞으로의 주말도 이렇다면 많은 수익이 있을 거야."

"저도 그렇게 생각해요."

그때 문이 열리고 김포댁이 쟁반을 들고 왔다. 인삼 막걸리와 파전, 도토리묵이 있었다. 우리 집에서 만들어 오는 중이다.

"오늘 한 달째 됐으니 축배를 들어야지?"

우리는 한 테이블에 모여 앉았다. 막걸리를 따르고 건배했다. 불투명 액체가 목에 넘어가자 시원했다. 오늘은 정말 바빴기 때문이다.

"김 실장님 죄송해요. 빵집 일하고 이렇게 음식도 준비해주시니 말이에요."

"돈 받고 하는데 뭐가 죄송해?"

"그렇긴 하지. 나의 잔고는 날마다 날마다 줄어가니 말이야."

내가 일부러 앓는 소리를 하자 김포댁도 지지 않았다.

"그럼 딴 파출부 구해."

나는 도토리묵을 하나 입에 넣고 씹었다. 참기름 맛이 고소하게 입 안에서 퍼졌다.

"하하하. 이 맛있는 음식 때문에 그렇게 못하죠."

"빠띠새 술 취하면 해장국 끓여줘, 술 마실 때 이런저런 안주 만들어 줘, 그리고 제빵소에서 차도 만들어. 이 모든 걸 생각하면 돈 더 줘야 해!"

옆에서 손라라가 울상이 되었다.

"김 실장님, 죄송해요."

"라라 너한테 하는 소리는 아니야. 빠띠새가 괜한 헛소리 해서 하는 말이야. 어서 마시자, 마셔. 오늘은 정말 힘들었어."

"강철 체력 김포댁 아주머니께서 웬일로 힘들다는 말을 하시네요."

나는 재밌어서 또 놀리고 말았다.

"자꾸 놀릴 거야?"

김포댁의 눈썹이 위로 올라갔다. 진짜 화가 나는 중이다. 나는 얼른 휴대전화를 꺼내 은행 앱을 열었다.

"오늘 월급날인데 보너스 받기 싫어요?"

김포댁은 얼른 막걸리 병을 들어, 내 잔에 따랐다.

"사장님, 충성을 다하겠습니다~."

김포댁과 나는 크게 웃었고, 손라라는 미소를 지었다.

그때였다. 우리들의 행복한 웃음을 가로막듯 제빵소 문이 쾅 하고 열렸다.

"막걸리를 마시고 있어? 어이가 없군."

명심당 심명진이었다. 지난번처럼 제빵사 둘을 대동했다. 김포댁이 먼저 포문을 열었다.

"어디서 개가 기어왔나? 왜 이리 시끄러워?"

김포댁은 당할 수가 없다. 심명진은 얼굴이 붉게 달아올랐지만, 도발에 넘어가지는 않았다.

"바로 앞 가게 빵을 표절해서 장사를 방해해?"

심명진은 자신들의 주력 상품을 비슷한 콘셉트로 따라 만든 것을 말하는 것이다. 손라라가 대답했다.

"무슨 소리예요? 소금빵은 원래 판데살과 비슷하고, 천사의 링은 일본의 도지마롤이잖아요. 바움쿠헨도 독일 빵이고요."

잘한다. 난 속으로 손라라를 응원했다.

"아무튼 네가 우리 빵을 표절했잖아! 상도덕이 없어!"

"애초에 우리 제빵소 앞에 빵 가게를 차렸잖아요. 누가 상도덕이 없다는 거죠?"

"새파랗게 어린 것이 어디 말대꾸야?"

김포댁이 대꾸하려는 손라라를 막아섰다. 그리고 날카로운 말을 쏟아냈다.

"나이 처먹고 어디서 개소리야?"

"뭐, 뭐라고? 이 할망구가…."

"이 대머리 노인네가."

심명진의 머리 정수리에는 머리카락이 얼마 없었다. 나는 둘의 싸움에 실소가 나오려고 해서 잔에 있는 막걸리를 일부러 마셨다.

"대머리? 말 다했어?"

"그래, 이 욕심 많은 대머리독수리야."

"파하하하."

나는 웃음을 터뜨리고 말았다.

"김 실장님, 사람한테 대머리독수리라뇨?"

"뭐가 사람이야? 매번 개소리나 하는데."

심명진은 얼굴이 붉은색에서 검은색으로 변했다.

"이 새끼들 두고 보자…. 내 이 제빵소를 반드시 없애버린다."

심명진은 애꿎은 제빵사들 정강이를 걷어찼다. 억 하고 비명을 지른 제빵사들은 절룩거리며 심명진을 따라나섰다.

"불쌍한 놈들, 어서 허황된 꿈에서 빠져나와 제대로 된 빵을 만들어야 할 텐데."

"지들 복이지 뭐."

내가 안타깝게 말하자 김포댁이 추임새를 넣었다. 나는 김포댁에게 주먹을 내밀었다.

"잘했어요."

김포댁은 주먹을 마주 쳤다.

다음 날 심명진은 가격을 내렸다. 라라제빵소보다 500원씩 싼 가격이었다. 그래도 저렇게 큰 빵집을 운영하려면 돈이 만만치 않게 들어갈 텐데, 출혈이 있어도 라라제빵소를 망하게 하겠다는 의지였다.

그것뿐만이 아니었다. 유튜버들의 공격이 시작됐다. 라라제빵소는 화덕을 이용해서 빵을 만들기에 발암물질이 발생하고 빵에 묻어 그대로 인체로 흡수된다는 근거 없는 소리를 했다.

또한 내 과거를 다시 들춰냈다. 과거에 저질렀던 범죄를 드러내며 고급 식재료를 사용한다고 하지만 싸구려를 쓰는지 알 게 뭐냐고 했다. 심명진이 돈을 주고 고용한 유튜버일 것이다.

하지만 사람들은 이런 말을 믿는다. 주말 손님이 뚝 끊기고 말았다. 사람들은 괴담의 라라제빵소보다 제빵 명장의 명심당에서 더 싼 빵을 먹는 것을 선택했다.

"저런 씨부럴 놈, 치사하게 노네."

김포댁이 분노에 차서 명심당을 보며 소리쳤다. 함박눈이 내리는 주말이었다. 손라라에게 미안했다. 분명히 나를 타깃으로 했고, 나의 과거가 손님을 끊는 이유가 됐다.

"라라 파티셰, 자넷과 응이의 이번 달 월급은 내가 줄게."

"아니요. 라라제빵소를 운영하는 것은 저예요. 그리고 제빵소가 언제나 잘될 거라고 생각하지 않았어요."

"그래도…."

"아니요. 스승님. 그래도 평일에는 강화도 손님들이 오니 열심히 만들어봐요."

손라라는 진열해둔 빵으로 가서 다시 줄을 맞췄다. 돈은 많다. 손라라의 적자를 보전해주고 싶지만, 그건 자존심 때문에 받지 않을 것이다. 개업 초기 이런 경험은 꼭 필요하지만 딸 같은 손라라가 고통을 받는 것이 안쓰러웠다. 김포댁이 나에게 다가왔다.

"빠띠새, 어떻게 방법이 없겠어? 옛날에 큰 빵집 운영했잖아?"

그때는 명심당 심명진과 똑같았다. 텔레비전에 나와서 빵을 소개하고 패널들을 매수하고, 전하고 싶은 말을 했다. 심명진이 우리를 경계해 '안전한 빵'을 강조하는 것처럼 말이다.

"김 실장님, 저번에 명심당 건물에 8억 빚이 있다고 했지요?"

"분명히 그랬지."

그렇다면 이자가 만만치 않을 것이다. 명심당은 언제까지 버틸 수 있을까? 우리의 적자보다 열 배는 더 적자가 날 것이다. 일단 버텨볼 수밖에 없었다.

"일단 버텨봐요."

그렇게 하루하루가 지나며 손라라의 얼굴에서는 웃음이 사라졌다. 김포댁은 그녀가 괜히 제빵소를 확장해서 피해가 컸다고 넋두리했다고 한다. 김포댁이 은행 이자를 빌려줬다고 했다. 나에게는 자존심상 말하지 못한 것이다.

"돈은 걱정하지 마세요. 제가 줬다고 하지 말고, 김 실장님이 돈을 라라에게 빌려주세요."

나는 라라제빵소 인수를 생각했다. 내가 제빵소를 사서 사장이 되는 것이다. 하지만 손라라는 할아버지의 제빵소를 제대로 운영하지 못했다고 자책할 것이다. 이건 최후의 방법이다.

하루는 잠이 오지 않아 혼자 맥주나 마시려 읍내 편의점으로 가려고 나왔는데, 제빵소 화덕에서 연기가 나오고 있었다. 분명 화덕은 저녁에 껐다. 이상해서 다가가 보니 손라라가 불을 피우고 있었다. 팔리지 않은 빵을 화덕의 불길 속으로 넣고 있었다. 무슨 생각을 하는지 동공이 크게 열려 있었다. 그 위태로운 모습을 보니 가슴에 돌을 얹은 느낌이었다. 그녀의 웃음을 다시 찾아줘야 한다.

전쟁을 선포한다. 치사한 방법에는 치사한 방법을 쓰겠다.

나는 신 씨에게 전화했다. 추억의 크림빵으로 정신 차리게 한 신영철이다. 그는 지금 라라제빵소의 물건을 가져오고 있다.

"형님, 밤에 웬일이세요? 추가로 주문할 물건이 있어요?"

"영철 아우. 비밀스럽게 부탁할 일이 있어."

"뭔데요? 형님 부탁이라면 들어드려야죠."

"라라제빵소가 좀 어려워. 가게 앞 명심당과의 출혈 경쟁 때문이야."

"제가 뭘 하면 되죠?"

"명심당에 두 제빵사가 있어. 읍내에 살고 있지. 그들에게 접근해서 명심당 적자가 얼마나 되는지, 그들은 명심당에 불만이 없는지 알아볼 수 있을까? 혹시 원산지를 속인다거나 하는 그런 약점을 알아내도 좋고."

"제가 탐정이 되는 거군요."

"이 사람아, 농담 아니야."

"알겠습니다. 먼저 명심당 제빵사들을 미행해봐야겠군요."

"돈 걱정은 말고."

"지금도 과분하게 받고 있어요."

뭐라도 잡고 싶었다. 치사한 방법을 쓰기는 싫었지만 상대에게 약점이 있다면 그것으로 명심당을 무너뜨리고 슬픔에 빠진 손라라를 구할 수 있을 것이다.

그렇게 시간이 흘러갔다. 드디어 신 씨가 그들의 정보를 얻어내는 데 성공했다. 명심당의 제빵사 둘이 읍내 단란주점을 갔는데, 마침 신 씨가 주점에서 일하는 아가씨를 알고 있었다. 명심당이 원산지를 속이거나 하지는 않았다고 한다. 하지만 명심당의 적자가 엄청나다고 했다.

"한데 형님, 거기 직원들 모두 적은 월급을 받으며 많은 시간을 일한다고 엄청 불만이래요."

"자기들도 명성을 얻으려고 그러는 거니 할 수 없지. 그래, 수고했어."

"더 알아봐요?"

"단란주점에 오면 새로운 소식이 있는지만 알려줘."

심명진은 법을 어기지는 않고 있었다. 적자를 안고 가는 거였다. 하긴 그동안 돈을 많이 벌기도 했을 것이다. 이대로는 방법이 없다.

손라라에게서 가게를 인수해야 한다. 그렇게 최후의 방법을 그녀에게 제안할 때, 두 빵집의 운명은 의외의 방향에서 바뀌었다.

일요일 밤, 김포댁이 다급하게 전화해서 얼른 텔레비전을 틀라고 했다.

'맛집의 달인' 프로그램에 안산의 고로케 가게가 나왔다. 추억의 고로케를 가르쳐준 김세원이었다. 김세원은 고로케로 성공했다. 김세원의 가게에는 줄이 길게 서 있었다. 리포터가 줄 서 있는 사람에게 질문했다.

"줄이 이렇게 긴데요. 그만큼 맛있나요?"

한 아주머니가 말했다.

"싸요. 옛날 고로케가 하나에 천 원이야. 요즘 천 원으로 할 수 있는 게 없잖아요."

옆에서 젊은 커플에게 카메라를 대자 남자가 먼저 말했다.

"저는 카레 고로케를 좋아해요. 일본에서 대상 받았던 고로케보다 더 맛있어요."

"저는 고기 고로케요. 가격도 싸고 맛도 좋고요."

김세원은 성공했다. 옛날 고로케로 성공해서 메뉴를 하나씩 늘린 것이다. 정석으로 잘했다.

김세원은 인터뷰에서 고로케 만드는 법을 말하고, 자신의 성공 스토리를 풀어내다가, 갑자기 눈시울이 붉어지더니 내 이름을 말했다.

"이 모든 게 강화도의 라라제빵소에서 이루어졌어요."

"그게 무슨 말이죠?"

"저는 전에 빵집 운영에 실패해서 죽으려고 강화도에 갔어요. 거기 라라제빵소에서 안창석 님을 만났습니다."

"안창석 님이 누구죠?"

"제빵 신 안창석 님이요. 그분은 제가 제빵사라는 것도, 거기서 죽으려는 것도 알아채셨어요. 그리고 저한테 옛날 고로케 만드는 법을 가르쳐줬어요. 제가 말도 안 했는데 큰돈도 빌려주고요. 심지어 그분은 제 전화번호도 묻지 않았어요. 오직 저를 살리려고 그러셨던 거예요."

"아, 제빵 신이 강화도에 가 있었군요. 김세원 씨께는 은인이시군요."

"저만의 은인이 아니라 우리 가족을 모두 살리셨어요. 가게가 바빠져 차일피일 미루고 있지만, 여기서 말씀드리는데 저는 꼭 그분께 돈 갚으러 강화도에 갈 겁니다."

"제빵 신 안창석 님이 보고 계실지 모르겠지만, 그분께 한 말씀해주시겠어요?"

카메라를 바라보는 김세원은 이제 울먹이며 말했다.

"스승님이라고 부르겠습니다. 아직 라라제빵소에 계시나요? 스승님께서는 우리 가족을 살리셨어요. 지금 스승님의 말씀대로 열심히 고로케를 만들고 있습니다. 감사합니다."

난 코끝이 찡해졌다. 눈물이 또르르 흘러내렸다.

"뭐야, 나이 먹으니 눈물이 자주 나네."

분위기를 깨고 스마트폰이 울렸다. 김포댁에게 전화가 왔다.

"빠띠새, 돈도 많아. 큰돈도 막 빌려주고."

마음속 감동의 파도가 순식간에 썰물이 되어 나가버렸다.

"김포댁 아주머니!"

"이 양반이."

"왜 전화하셨어요?"

"빨리 라라도 구해. 매일 울고 있어."

"알겠어요. 최후의 방안을 제시할 거예요."

다음 날 새벽 손라라와 나는 묵묵히 반죽을 만들었다. 그녀는 점점 야위어갔다. 말을 꺼내기 민망하기도 하고 타이밍을 못 잡아서 모든 빵을 만들고 라라제빵소 문까지 열었다. 그때 손님들이 왔다. 강화에 사는 사람들이 아니었다.

"유튜버인데 촬영해도 될까요?"

손라라는 나를 보았다. 난 어깨를 으쓱 올렸다. 그녀는 고개를 끄덕였다. 유튜버는 전통 화덕을 사용하는 것을 중점적으로 소개 했다. 한 유튜버의 영상이 터지면서 여러 유튜버가 계속 방문했다.

우즈베키스탄 사람들이 레표시카를 사러 왔을 때는 우즈베크 전통 화덕에 대해 묻기도 했다. 그렇게 평일에도 외부 손님들이 늘 어났다. 손라라와 나는 중간에도 몇 번이나 빵을 구워야 했다.

방송국에서도 찾아왔다. 강화의 외국인 며느리 모임을 소재로 촬영을 했다.

"두 파티셰께서 우리나라 빵을 만들어줬어요. 고향 생각이 나요."

"가난한 우리에게 일도 줬어요."

자넷과 응이가 텔레비전에서 눈물을 찍어내며 말했다.

"여기 라라제빵소에는 제빵 신으로 잘 알려진 안창석 님이 있다 고 합니다. 이곳과의 인연이 남다르시다고 들었습니다."

"여기는 제가 빵을 배운 곳입니다. 스승님은 얼마 전 돌아가셨 습니다. 그리고 제게 사람을 살리는 빵을 만들라는 말씀을 남기셨 습니다. 사람을 살리는 빵이 뭔지는 아직 잘 모르겠지만, 저는 최 선을 다해 사람들을 위한 빵을 만들고 있습니다."

"오, 그렇군요. 이곳에 정착한 외국인들을 위해 그분들 고국의 빵을 만들고 계시다고 들었습니다."

"그건 이 제빵소 사장의 생각이었습니다. 여기 사장은 제 스승님의 손녀, 손라라 파티셰입니다. 손라라 파티셰는 외국인들을 위해 거의 이익을 보지 않고 빵을 만들고 있어요. 게다가 강화도의 어르신 입맛에 맞는 약과와 인절미를 활용한 빵도 만들고 있죠."

"손라라 씨, 나와 보시죠."

손라라가 부끄러운 듯 카메라 앞에 섰다.

"모두 안창석 스승님께서 가르쳐주신 겁니다. 스승님은 저를 살리는 빵도 만드셨어요."

손라라는 나를 보며 웃었다.

"아무튼 두 분은 모든 사람을 살리는 빵을 만들고 있는 거네요."

감동적인 방송이 전파를 타자 시청률이 터졌다. 강화군청에서는 라라제빵소를 '강화도 특별한 가게'로 선정했고, 인천광역시에서는 감사장을 수여했다. 나의 제빵 명장 타이틀을 복원하자는 국민 청원까지 등장했다.

"저는 자격이 없는 사람입니다. 손라라 파티셰는 아직 어리지만, 제빵 명장 자격이 충분하다고 생각합니다."

손라라의 경력이 아직 오래되지 않아 자격 획득에는 실패했지만, 이대로 나가면 분명히 제빵 명장이 될 것이다.

손라라의 얼굴에 생기가 돌아왔다. 라라제빵소가 너무 바빠져 자넷과 응이에게 제빵 기술을 가르치기 시작했다. 홀에는 외국인 며느리 모임의 나머지 구성원인 아모나, 슈크로나, 조이, 티가 바쁘게 일했다. 김포댁은 눈썹을 휘날리며 이 넷을 진두지휘했다.

늦은 밤, 가게 한쪽 끝 테이블에서 느긋하게 인삼 막걸리를 마시고 있는데 정리를 마친 손라라가 다가와 불만스러운 듯 물었다.

"스승님, 요즘 점점 빵을 안 만드시려는 것 같아요?"

"강화도 특산품인 인삼 막걸리 빵을 연구 중이야."

"참나, 그걸 말씀이라고⋯."

"분명 라라제빵소 최고의 빵이 될 거야."

"저도 연구하게 한잔 주세요."

손라라에게 인삼 막걸리를 한잔 따라주었다. 그녀는 힘든 하루를 보내 그런지 꿀떡꿀떡 마셔버렸다.

"아, 정말 바쁘네요. 차라리 스승님과 둘이 소박하게 빵 만들던 그때로 돌아가고 싶어요."

"그래, 그럼 그럴까?"

"아뇨, 농담이에요."

나는 창밖을 보았다. 컴컴했다. 전에는 명심당이 불을 밝히고 있었지만, 불이 꺼진 지 오래다.

"스승님의 사람을 살리는 빵이 뭔지 알겠어."

"뭔데요?"

"스승님은 오른손을 잃고 방황하는 나 스스로를 살리라고 한 거야."

"에이, 그게 뭐예요?"

김포댁이 주방에서 굴전을 부쳐왔다.

"개똥철학이지 뭐야."

"아니, 고용주에게 너무 막 대하는 거 아니에요?"

"누가 고용주야? 이제 라라 파티셰가 나의 고용주라고."

"배신자."

"돈을 더 주는 걸 어떡해?"

"호호호. 가게가 잘되니 월급을 올려준 거지요."

손라라가 웃더니 막걸리 병을 들고 잔에 따랐다.

"자자, 이러지 말고, 마셔요. 하루의 고단함을 잊자고요."

막걸리를 쭈욱 들이켰다. 목이 시원해졌다. 굴전을 하나 집어 간장을 찍어 먹었다. 한겨울의 굴은 신선했다.

"캬~ 좋은 막걸리에 좋은 안주. 피곤함이 싹 가시네."

사실은 좋은 막걸리, 좋은 안주 때문에 피곤함이 가시는 게 아니었다. 좋은 사람들과 즐거운 일을 하기 때문에 피곤하지 않은 거였다.

"큰 빠띠새는 말만 잘해. 그나저나 라라야. 분점은 언제 낼 거야?"

라라제빵소 분점을 내달라는 요청이 많이 왔다. 하지만 난 허락하지 않았다. 내가 실패한 길을 걷게 하고 싶지 않았기 때문이다. 분점의 잘못은 곧 본점의 잘못이 된다. 나는 극구 말렸다. 정말 믿을만한 사람이 아니면 안 된다고 했다.

"스승님께서 허락하지 않으면 안 해요."

손라라가 나를 믿고 따라줘서 고마웠다.

"라라 파티셰, 괜찮은 사람을 찾았어. 조만간 2호점을 제안할 거야."

"정말요? 적당한 사람이 나왔어요? 누구예요?"

"김 실장님, 이제 김 사장님으로 승진해야죠?"

김포댁이 막걸리를 먹다가 눈을 흘겼다.

"이놈이 누굴 놀려?"

"고용주에게 이놈이라뇨?"

"이제 고용주 아니라니까!"

그렇게 라라제빵소의 깊은 밤이 지나고 있었다.

에필로그

하늘에서 함박눈이 쏟아지고 있었다. 차를 가져가도 됐지만, 읍내까지 15분이면 되니 걷기로 했다. 눈을 밟으니 뽀드득뽀드득 소리가 들렸다. 예전에는 왜 이런 자연의 기쁨을 누리지 못했을까 생각했다. 읍내로 나와 휴대폰으로 전화를 걸었다.

"영철 아우. 어디야?"

"호진 단란주점이요."

"거의 다 왔어."

"나갈게요."

신영철이 급하게 계단을 뛰어 올라왔다.

"형님, 여깁니다."

"들어가자."

"술은 말씀하신 대로 최고급으로 준비했습니다."

가장 안쪽 방으로 내가 들어가자 남자 둘이 엉거주춤 일어섰다. 명심당의 두 제빵사였다.

"그래, 앉읍시다. 영철이 너도 앉고."

나는 양주를 한 잔씩 따랐다. 건배하고 쭈욱 들이켰다. 목에서 쓴맛이 올라왔다. 역시 강화도에 와서 인삼 막걸리에 적응이 된 것이다.

"지난번에는 도와줘서 고마웠소."

"당연히 범죄에는 참여할 수 없죠."

신영철은 신세 한탄하는 둘에게 접근해서 친분을 쌓았다. 라라제빵소가 방송에 나오자, 명심당은 급격히 쇠락했다. 손님이 오지 않으니 버틸 재간이 없었다. 심명진의 폭력은 점차 심해졌다. 그래도 이를 악물고 버티고 버티던 둘에게 심명진은 라라제빵소에 불을 지르라고 명령했다. 화덕이 있어 불이 나도 모를 거라고 했다.

둘은 얼마 전부터 모든 것을 녹음하고 있었다. 폭력을 고발하려고 한 것이다. 그 녹음파일을 신영철에게 건넸고, 영철은 나에게 파일을 건넸다.

"영철아. 명심당 건은 잘 해결됐냐?"

"네, 전문가들이 작업을 잘해서 10억에 낙찰받았습니다."

심명진은 8억이 빚이라고 했고, 비용이 많이 들었을 테니 본전쯤 될 것이다. 내 'CS 베이커리'가 망했을 때와 똑같았다. 김포댁이 이 사실을 알면 복수에 성공했다고 좋아하겠지만, 절대 내 의도는 아니다.

명심당 건물을 인수한 것은 심명진에게 잔인해 보이지만 필요한 과정이었다. 라라제빵소에 몰려오는 외부 손님 때문에 강화도 어르신과 외국인들 대접이 점점 소홀해지고 있었다. 초심을 잃으면 안 된다. 외부 사람들을 위한 분점을 만들어야 했다. 그렇다면 라라제빵소 바로 앞 명심당 건물이 제격이었다. 본점에서는 강화도를 위한 빵을 만들고, 분점에서는 외부 사람들을 위한 빵을 만들자.

"아, 그러고 보니 두 분 이름도 모르네."

"김홍일입니다."

"안준현입니다."

"모두 제빵 기능장을 가지고 있다고요?"

두 사람은 고개를 끄덕였다. 난 양주병을 들어 두 사람에게 따라주고 신영철과 내 잔에도 따랐다.

"이제 한배를 탔는데 오늘은 같이 마시지요. 라라제빵소 2호점의 수석 제빵사가 되신 것을 축하합니다. 월급은 명심당보다 섭섭지 않을 겁니다. 근로 시간도 지키고 말이에요."

"은혜 감사합니다."

"두 분 딴생각하지 말고, 사람을 살리는 빵을 만드세요. 그럼 자연스럽게 제빵 명장이 될 수 있을 겁니다."

김홍일이 고개를 갸웃하더니 물었다.

"사람을 살리는 빵이 뭡니까?"

"라라제빵소에서 빵을 만들다보면 깨닫는 날이 올 겁니다."

나는 신영철을 돌아보았다.

"영철 아우는 빵 만드는 거 배우지 않겠다고?"

"형님, 이 나이에 뭘 새로 배웁니까?"

"진우를 위해서라도 이제는 출퇴근해야지. 넌 이제부터 신 부장이야."

"무슨 말씀이신지?"

"라라제빵소 본점과 분점의 식재료 관리 총책이지. 이제 운전대는 놓고 출퇴근해."

"제가 그런 막중한 임무를 어떻게 해요?"

"넌 계속 라라제빵소의 재료를 전국에서 사 왔잖아. 너보다 재료에 대해 잘 아는 사람이 어딨어?"

"형님, 감사합니다."

신영철이 고개를 깊이 숙이고 고개를 들었다.

"그런데 김포댁 아주머니께서 섭섭해하지 않으시겠어요? 저만 중책을 맡기시고."

"사장이 뭐가 섭섭해?"

"엥? 정말요? 형님이 아니고요?"

"그 귀찮은 거를 왜 해? 난 인삼 막걸리나 마실 거야."

나는 술병을 들어 제빵사들의 잔에 따랐다.

"크크, 두 분 김포댁 아주머니 알죠? 라라제빵소에 왔을 때 걸죽하게 욕 한 바가지 하신 그 뽀글뽀글 파마머리 아주머니요. 그분이 2호점 사장님이에요. 욕먹지 않으시길 바랍니다."